有爱的青春陪伴者

明明是不对路的两人
却在林复苏一次又一次的「主动」中产生友谊

早早春

公主与恶龙
GongZhuYuErLong
著

北京燕山出版社
BEIJING YANSHAN PRESS

图书在版编目（ＣＩＰ）数据

早早春 / 公主与恶龙著. -- 北京 : 北京燕山出版
社, 2022.7
ISBN 978-7-5402-6518-2

Ⅰ.①早… Ⅱ.①公… Ⅲ.①长篇小说—中国—当代
Ⅳ.①I247.5

中国版本图书馆CIP数据核字(2022)第078038号

早早春

著　　者	公主与恶龙	
责任编辑	王　迪	
封面设计	Insect	
出版发行	北京燕山出版社有限公司	
社　　址	北京市丰台区东铁匠营苇子坑138号C座	
电　　话	010-65240430	
邮　　编	100079	
印　　刷	长沙鸿发印务实业有限公司	
开　　本	880mm×1230mm　　1/32	
字　　数	176千字	
印　　张	9	
版　　次	2022年9月第1版	
印　　次	2022年9月第1次印刷	
定　　价	42.80元	

目 录
CONTENTS

001 · 第一章
在青春里遇见

听说生命力强的人一年四季身上都是暖的，哪怕是在摄氏零下几度的冬天穿两件衣服也不会感冒，真是朝气蓬勃得叫人讨厌。

024 · 第二章
既然身体不好，
干吗要逞强呢？

人类真是矛盾，人心也很廉价，居然这么容易就被无关紧要人士的关心感动。

049 · 第三章
他不是那样的人

小少爷气得满脸通红！

063 · 第四章
女生的世界真是难懂

你想打我就打我，找什么借口讲这种过时的冷笑话？什么叫我知道的太多了？我刚才明明什么都还没来得及说啊！

081 · 第五章
天降小猫咪

分明是这样一个单薄漂亮的善良男生，为什么大家都将他当成不好惹的小霸王？

113 · 第六章
秦路南的过去到底
藏着什么样的秘密？

不是所有的问题都有一个解决方法，更多的困苦令人无力，或许装作不知道已经是外人所能表示出来的最大善意。

134 · 第七章
如果你也听说

趁着黄老师在黑板上写字不注意的时候，那团字条在空中划出一道完美的抛物线，最后准确地落在林复苏的书桌上。
林复苏展开，看见字条上字迹清秀：比一比？

目 录

CONTENTS

159·第八章
小少爷的礼物

好想回去找小猫，至少小猫需要
他，哪怕他坐在那儿不说话。

178·第九章
她好像回到了过去，
回到那地狱般被人
误解却求辩无门的
年岁里。

这好像是一句未完的话，又好像
已经表达了许多东西，在表达之
外，有什么顺着话梢蔓延开来，
在空气里弥漫了一整个夜晚。

203·第十章
被回忆封存的真相

人类有的时候很奇怪，大家都怪
你，你没有地方发泄，又不愿意
平白无故受骂，久了之后，也只
能跟着责怪自己，好像承受比反
抗更舒服一些。

226·第十一章
你知道，我不敢的。

说起来他也曾经梦想成为篮球巨
星，不过那真是很久很久以前的
事情了。

243·第十二章
那天之后，秦路南忽
然就消失了。

"爷爷，答应我吧，我也答应您，
不论手术结果如何，我都接受。"

260·终章

266·番外一
分割时空

在见不到你的那些日子里，我每
天都很想你。

276·番外二
两个日常小片段

第一章
在青春里遇见

　　听说生命力强的人一年四季身上都是暖的，哪怕是在摄氏零下几度的冬天穿两件衣服也不会感冒，真是朝气蓬勃得叫人讨厌。

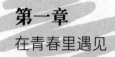

1.

　　深夜，外边儿下了一场雨。这雨很小，来得缓、落得慢，并不清爽，反而带着夏季特有的闷热潮湿，不多会儿，厚重水汽便如云雾一样笼罩了整个小镇。

　　迷雾中，八九岁的小女孩一步一步走上了天台，她穿着白色毛衣，漂亮的小脸微微仰起，眼睛弯弯，踮起脚就要去够天上的星星。可就在这时，黑暗中伸出来一双手，它在小女孩背后轻轻一推，伴随着一声惨叫，白毛衣女孩就这么坠入黑夜——

　　林复苏猛地从床上坐起来，脸色惨白，浑身冷汗，大口大口地喘着气。

　　雷声震耳，暗夜被强光撕裂，短暂的闪现后又愈合。清瘦的女孩面色苍白，顶着一头汗湿的短发，尖尖的下颏上挂着被噩梦吓出来的冷汗，她甩甩头，强行冷静下来，薄唇抿成一条直线，看着像个男孩子。

　　雨势渐大，风雨从未关的窗户里扑进来，将桌上纸张尽数卷落。

在这一瞬间，林复苏突然惊醒。破旧而狭小的房间被斜扑的大雨弄得稀乱，她恍若未见，眼里映出的是虚幻的黑暗天台。

林复苏神色恍惚，她缓缓举起自己的手，放在眼前细细地看。

接着，她鬼使神差地做了一个朝前推的动作……

"皎皎！"

隔壁房间突然传来哭喊声。

林复苏一愣，原本麻木空洞的双眼霎时染上惊慌。来不及收拾情绪，她飞快跑了过去。

女人抱着枕头撕心裂肺，满眼泪痕，然而，在看见林复苏的时候，她忽然就平静了下来，以一种近乎诡异的速度飞快调整出来个微笑。如果忽略掉她还带着哭腔的声音和哭红的眼睛，此时，女人的模样几乎可以称得上温柔。

"苏苏，你看啊，皎皎回来了。"她用抱婴儿的姿势颠了两下怀里的枕头，"皎皎不哭，妈妈在呢，妹妹也在呢，我们皎皎最乖了。"

女人坐在地上，耐心哄着，她甚至唱起一支童谣："摇啊摇，摇啊摇，我的宝宝要睡觉，小花被，盖盖好，两只小手放放好。摇啊摇，摇啊摇，我的宝宝睡着了……"

她唱着唱着，抬起头，望向墙面。

像是不能理解，她神色困惑："皎皎啊，皎皎不是睡着了吗？皎皎怎么又起来了？"

林复苏顺着她的目光望去。

墙上挂着一幅放大的照片，照片里是一家四口，相纸微微泛黄。画面上，幼小的女孩被男人抱在怀里，而年轻的女人搂着另一个小女孩甜甜笑着，女孩眉眼弯弯，还穿着林复苏梦里的那件白毛衣。

林复苏深吸口气，强忍住心头上涌的无力感，她攥紧了拳头，指甲深深陷入手心。

"妈，皎皎在您怀里。"她挡在照片和女人中间，笑得勉强，好在女人辨认不出。

外边风雨交加，小小的屋子里，林复苏手指轻颤地为女人亮起一盏小夜灯："您看，有光了。"

女人终于慢慢地平静下来，却也不再理会林复苏，她回到自己的世界里。

她抱着枕头躺回床上，低声喃喃："有光了，不黑了，不怕了，皎皎不怕了……"

自黑暗中生出的情绪又回归于黑暗，小镇里最终只剩下一片滂沱雨声。

而另一边，繁华的都市里霓虹刺眼。

医院门口，救护车疾驶而入，前呼后拥中从担架车上抬出一个少年。夜色中，医院门口冷白的光映出少年的脸，似上好羊脂玉雕出来的一般，精致而脆弱，带着易碎的美。

主治医师匆匆迎出来，只看一眼担架上的人便熟练地安排助手让他们将少年推进急救室。

紧随其后的女人哭到浑身发软，目光紧紧跟着被推送进去的秦路南。

同样一脸担忧的男人紧紧挽着女人，生怕她哭晕过去似的，不住地安慰："没事的，不会有事的，小南很快就能出来……"

同时，男人身侧助手模样的几个人连忙跟着医生进去安排相关事宜，而保姆递来手帕："先生说得对，太太放宽心啊。"

女人虽然哭到失态，却并不显得狰狞丑陋，反而很是惹人怜惜。

"对，不会有事的。"她抚了抚心口，眼泪却止不住。

男人见状叹息，眉头仍紧皱着："我们先进去等等。"

女人点点头："好。"

也不知等了多久，主治医生办公室里才终于有了来人。

医生满脸疲惫，朝他们点点头。

女人率先忍不住，径直跑去了儿子所在的病房。而男人留下询问病情，不久后心事重重地来到了妻子身侧。

病床上，秦路南安安静静地睡在那儿，宽大的病号服松松挂在他身上，细白的脖颈上淡青色血管清晰可见。他躺在白色的枕被里，几乎完美融入，仿佛是二次元里走出来的纸片人，美好却没有生气。

回忆着医生的话，秦爸爸在心里重重叹了一口气。

刚才心脏彩超数据不太乐观，秦路南的心衰又加重了，心脏 EF 数值已经不足 40，随时都有可能休克。虽然手术存在一定风险，但对他而言，如今最好的办法唯有尽快手术，因为如果再拖下去，谁也不确定会发生什么。

半晌，秦妈妈终于缓了过来，她搭上丈夫放在自己肩上的手："医生怎么说？"

男人沉默许久。

从丈夫的沉默中得到答案，女人的眼眶再度泛红："还是一样吗？"

男人点了点头。

秦妈妈没忍住，再度泣不成声。

因为秦路南的身体问题，这个手术对他来说非常危险，他一直不同意手术，宁愿这么撑着，怎么说都不行，谁劝也没用。他们也顾忌着他的心脏不敢多说什么，唯有秦老爷子态度坚决，几乎是强逼着要他手术。

而今晚秦路南之所以晕倒，正是因为这件事和爷爷发生了剧烈争吵……

秦路南根本不可能同意。

2.

离开了原先的小镇，搬到这儿，林妈妈多少有些不习惯。和常人不一样，林妈妈不会用正常的方式表达，她的所有不安都化成包裹自己的刺，拒绝和外界交流，非常棘手。

这天清晨，林妈妈又错乱了一阵，好在保姆温奶奶来得及时，两个人合力安抚，这才没有耽搁太久。但出门之前，林复苏望一眼时间，还是有些迟了。

将家里的一切安排完毕，叮嘱和先行谢过温奶奶，林复苏这才踩着单车冲向学校。

街道两边，景物飞快倒退。

这是高中开学的第一天，林复苏特意早起许久，就是怕有意外，但或许是墨菲定律，害怕的东西一定会来，想要的倒是不容易出现。

林复苏在等红灯的间隙里收拾心情，她深呼吸了几口气，将所有的坏情绪都压下去，控制着自己只往好的地方想。

搬了家，换了学校，闵华中学是一个全新的开始，在这个地方没有人认识她，也不会再有那些令人无法面对的流言，不会再有人对她和妈妈指指点点……

这样的新生活实在是值得期待。

在绿灯亮起之前，林复苏轻轻笑了，发自内心地松一口气。

初夏的晨光洒落在她身上，有风将她的额发掀起，林复苏弯着嘴角，轮廓分明的侧脸被勾勒出细细光边，微浅的瞳色熔金一样透亮。林复苏个子高挑，大抵是因为经历过太多，需要承担的也太多，说话动作都很干脆，加上总是留着男生式样的清爽短发，比起女生，她倒更像个少年。

现在是上学的时间点，旁边有几个同样踩着单车、学生模样的女孩子偷偷瞄她。

林复苏恍若未觉，她满心都是对未来的期许。

再穿过一条街就是闵华中学，都说重点学校的环境好，也不知道会是什么样子。

林复苏握着车头拐弯儿，心里难得轻松，却不料下一秒就翻了车。

"嘶……"

从单车上摔下来，林复苏和人撞个正着。

"没事儿吧？"

被她撞着的人也摔得够呛，但对方拍拍屁股就爬起来，虽然龇牙咧嘴的表情没往回收，可看样子不像要找她麻烦。

林复苏拍开对方递来的手，自己站稳。

"我没什么，你呢，摔着了吗？"林复苏笑着回道。

对方显然没往心里去，只是拍了拍身上的灰。

林复苏扶起单车："是我没注意，今天踩点儿着急了，对不住。"

男生摆摆手："多大点儿事啊！"

两人说着便一起骑进了学校。

林复苏很善于看人，也很懂得怎么表现才能让别人在最短时间内接纳自己。

处在这个年纪的孩子，最看不惯的就是和圆滑沾边的东西，沾半点儿都不行，好像只有注重自我才叫真实。但在林复苏的认知里，人际交往中只要不是出于恶意就可以，这是她的生存技能之一。

　　在两人一起往公告栏那边儿走，准备看分班安排表的时间里，林复苏已经和刚认识的男生聊得很投机了。她知道对方叫令狐齐飞，外号"飞机"，是从附属初中直升上来的。

　　在这儿，令狐齐飞还有另外两个一起升上来的小伙伴，一个是他的发小秦路南，据他描述，那应该是一个嘴硬心软有点儿倔、容易遭人误会的人。

　　分明还没见过，但在听到"容易遭人误会"这一形容的时候，林复苏顿了顿。

　　"人和人之间的交流有许多局限性，眼见耳听都太容易偏离事实，而愿意花时间弄清真相和了解一个人的人又实在太少。这么说来，看差看错在所难免，希望你的朋友不要在意。"

　　令狐齐飞激动地在林复苏肩上一拍："没错！"像是一巴掌不足以表达自己的心情，他再一拍，"就是这样！"

　　令狐齐飞拍了又拍："要是每个人都有你这脑子，那世界早该和平了！"

　　林复苏被他拍得生疼，但碍于面子强忍着，只带着小小的报复心，也拍回去一巴掌："同学抬举了！"

　　但令狐齐飞皮糙肉厚并不在意，反而是林复苏手掌一疼，惨遭双重伤害。因为小时候一桩意外，林复苏成了家里的顶梁柱，这么多年她都把自己当男孩子看，却是今天，她感受到了一些男女差异——没有哪个女孩子手劲儿能这么大的。

令狐齐飞继续讲。

他的另一个小伙伴叫谢小冬，说话很有意思，就是成绩差了些，最后好不容易才在哭天喊地的祈祷声里踩线被闵华补录。

林复苏和令狐齐飞的个子都高，不用往人群里挤就能看见分班表。

班级表是按照成绩排名划分的，林复苏看着一班的第一个名字，在心里念了一遍。

秦路南。

而在秦路南后面，便是自己——林复苏。

两个名字整整齐齐地摆在一起，还没见面就有耳闻，也算有缘。

"咱俩一个班啊！还有南哥！哎哟，这不是巧了嘛，到时候我介绍你俩认识！"

令狐齐飞说话有自己的节奏，也不知道是心大还是缺根筋，他硬生生忽略了班级表上性别那一栏，林复苏名字后边的那个"女"字。

林复苏说："那真是太好了。"

林复苏从来都自豪于自己的人际交往能力，唯独这次，她后悔了，甚至开始反省自己，觉得人与人之间果然还是应该保持距离。

手劲大的朋友尤其需要慎交。

3.

报到没什么流程，不过就是给大家分个班、认个脸，交个学杂费，都不需要集合，一上午就结束了，第二天才算正式开学。

但经过了漫长的暑假，好不容易等来一个新阶段，大家都很兴奋。尤其男生要混熟本来就快，就算人没来齐，大家也就着在场的插科打诨，没多少时间就成了好朋友。

次日教室里。

讲台上，半秃的班主任笑眯眯自我介绍，当他说到自己叫"黄尚"的时候，后排的几个男生已经开始碰碰肩膀挤眉弄眼笑着捧场了。

"行了行了，众位爱卿也不必多礼，这个可以低调。"班主任比出个往下压的手势，可刚刚压完便话锋一转，"但接下来咱们就得高调起来了。"

林复苏正认真听着，就看见前排两个女生凑近了脑袋。

一个梳着高马尾的女生，即便压低了声音也还是能让周围清楚听见："你瞅着班主任讲话这架势，啧，像不像晚会主持人转行过来的？"

另一个女生留着齐耳短发，闻言没忍住笑出声："还真是，挺逗。"

也不知道黄老师听没听见，他接着介绍，抑扬顿挫中附带夸张的肢体语言。

"咱们班这回可了不得，集合了两个区的中考状元。"他说着，得意一笑，意料之中的得到一片惊呼声，这才往下讲，"一个呢，是本校初中升上来的我们区状元秦路南，如果有一个学校的应该听过他吧？风云人物啊！"

在这句话出口的同时，林复苏听到了前排同学们惊喜的低呼声和后边一个男生不屑的轻嗤声。

"而另一个呢，就是跨区转学来的原学区状元林复苏！"

一边的令狐齐飞睁大了眼睛，用舌头在上颚弹了一下："深藏不露啊！"

说完，班主任带头鼓掌："这个得重点介绍一下，我们的林复苏可是位女状元——怎么着，要不要认认咱们的状元爷？"

在一片起哄和欢迎声里，令狐齐飞差点儿把眼珠子瞪出来，他左眼写着"不可置信"，右眼写着"没搞错吧"，保持着一副呆呆怔怔的模样望向林复苏。而林复苏久违地有一点儿报复的快感，她含蓄地朝令狐齐飞点点头，接着，就看见他嘴巴大张，下巴都要掉在地上。

黄老师让她站起来接受大家的掌声。

林复苏抿了抿唇，手掌下意识地在裤腿上搓了搓，大概是因为从前那些不好的记忆，每当遇见需要暴露在众人目光下的场合，她都忍不住想要逃避。

但林复苏并没有那么做。

她迅速调整好自己的状态站起身，背脊挺直，笑意温和从容，眼神明亮坚定，像是迎着烈日生长的小树，看上去强大自信却并不骄傲，让人不由得心生好感。

"大家好，我是林复苏。"

或许是她的模样和大家的想象有些差距，但同学们看见这样帅气的"女状元"，比起意外还是惊喜更多。尤其是女孩子们，谁会不喜欢这样帅气的姐妹呢？

林复苏只一句话，便收获了较先前更加热烈的掌声。

前排两个女生转过头，手里还不忘高频率乱拍。

令狐齐飞甚至还带头吹起了口哨："牛啊！"

坐下之后，林复苏原本捏紧的拳头慢慢松开，掌心一片潮湿。

也是这时，她才发现，刚才的介绍里似乎少了一个人。

秦路南呢？

角落里那个先前不屑的男生将林复苏心里的不解问了出来，而班主任很快解答了他们的疑惑,他说秦路南病了,可能要晚些才过来,讲完又补一句："大伙儿还有三年同学时间，早晚能混熟，不着急这一时半会儿的。"

随后，便是大家的自我介绍。

林复苏笑着听大家自我介绍，对每一个人都极认真，毕竟要快速融入一个群体，首先就是要记住所有人的名字。虽说记住人名是早晚的事儿，但人总会对最先记住自己的人印象最好。

前边扎马尾的女孩叫蒋梦甜，是一个开朗爱笑的女生，在做自我介绍的时候也古灵精怪，扼腕道"生不逢时"，如果班里没有这两个状元，她可就是第一了，引起大家一片叫好。而她身边的短发女孩叫季思雯，大概有些内敛，没说两句就红了脸，开始"嗡嗡嗡"，还是班主任带头鼓励才让她把声音放大一点儿。

"那个秦路南什么来头，怎么刚刚开学就病了？身体那么差？"

这时，身后传来一阵小声嘀咕："嘁，人可是钱堆里养出来的，说他体弱，你信吗？"

这个声音很熟悉，正是先前黄老师介绍秦路南时那个不屑低嗤的人。

林复苏稍稍分了神。

开头嘀咕的男生很快被吸引了注意力："怎么说？"

"这么讲吧，我是本校升上来的，先前就在秦路南隔壁班，秦路南就是个小霸王，家里有钱，在哪儿都是横着走的，专拿鼻孔看人。"男生绘声绘色，"他爷爷好像给学校投资，捐了两座楼，咱学校教学楼和图书馆都是他家建的，学校老师没几个敢管他。他嘛，也就经常称病不来上课，啧啧啧……初中军训都没参加过，我看高中的也悬。"

凑在旁边的男生听得目瞪口呆："这么嚣张？"

"那可不。我这还只讲了点儿他的日常操作，更离谱的我还没说呢。不过我也是听他们班人聊起来的，说他家还有一对读小学的双胞胎弟弟，他在学校横惯了，回家还要欺负那俩小孩儿……"

刚讲到这儿，说话的男生就被点起来自我介绍。

林复苏微顿，顺理成章地转过头去看他。

"我叫徐晨伟。"站起来的男生看着挺阳光的，笑起来也一股爽快劲儿，就是个头矮了点儿，不过也不像会私下说人坏话的人。或许也因为这样，他说的那些话才特别令人信服。

"这个班人才济济，我对诸位心服口服，希望大伙多多帮助我，我有什么不懂的地方来问，一定要教我啊！"

这番近乎套得很是成功，林复苏面上笑意不改，心底却有些不适。出于直觉，她不是很喜欢这个徐晨伟，但都是同学，也没有必要做得那么明显。

和前边的同学一样，她微笑鼓掌，却没想到被人踹了一脚凳子。

林复苏回头便看见抱着手臂面色不善瞪着她的令狐齐飞。

令狐齐飞踹她凳子，好像只为了叫她看见自己瞪过去的这一眼，瞪视完便移开了目光，先前的好脾气像是林复苏的错觉。在一片热闹里，令狐齐飞的表情紧绷，再没笑过。

很快，下课铃响了。

几个同学围到林复苏身边，插科打诨着要她以后多多指点他们功课，林复苏笑着一一应承，并不自满，相反很是谦和。说话时，她会注视对方的眼睛，也能叫出他们的名字，大家惊喜之余对她印象更好了，没几分钟就在她面前放松下来。

甚至，徐晨伟还若有所指嘟囔了一句："人和人还真是不能比，都是状元，这个可比那个好多了。"

将话题引到秦路南身上，在他周围很快围了一小圈听八卦的人，大家越讲越起劲，到了后来甚至有人口不择言："什么好不好的，有钱人嘛，懂的都懂，那位的成绩说不定都是他家提前买题背来的！"

话音刚落，后座的令狐齐飞突然站起来："说什么呢？敢不敢当着你爷爷再说一遍！"

这会儿令狐齐飞很明显是真动了气，来势汹汹的，浑身上下都透露出一股要动拳头的暴躁，叫人不敢上去争辩。看见对面几个面露胆怯的人，他冷哼一声，心头怒火没得到发泄，于是转身一脚踹翻了那个同学的桌椅，踹完之后气冲冲跑了出去。

他走远后，大伙儿才回过神，纷纷讨论起来那是谁。

徐晨伟阴阳怪气道："能是谁啊，秦路南的狗腿呗。"

先前大家被吓得不敢说话，这下人走了，他们的气势倒是回来得很足，一个比一个讲得厉害，不久就在后门那儿重新围了一圈，开始编派起秦路南和令狐齐飞。

4.

中午，婉拒了几个约她一起去食堂的同学，林复苏拎着一个小袋子独自走到僻静的地方，袋子里装着几口饭和一包榨菜，这就是她今天的午餐。

爸爸这个月打来的生活费，一部分交了房租，一部分付给了温奶奶，剩下的一点点要支付日常所有开支。好在因为成绩不错，林复苏入读闵华是免学费的，不然恐怕连榨菜都吃不上。

飞快地将它们填进肚子，林复苏吃完将袋子扔进垃圾桶，想起之前听说闵华中学的图书馆藏书丰富，里头的书比市图书馆还齐全，现在见时间还早，她便想过去看看。

路上，她在心里捋了一遍班级同学。就她今天观察到的，大部分还算好相处，只几个男生恐怕要留意。

林复苏不想惹事也确实惹不起事，生活和学习的双重压力已经让她精疲力竭，人际关系方面，她希望能够轻松安稳一点，泛泛也没关系、表面和平就行，至少不用耗费太多心力，大家都开心。

在书架上找到自己感兴趣的书，林复苏拿着随便走到了一个空位坐下。

不得不说，这个图书馆建得真好，自林复苏走进来，她便感觉到许多精巧的设计，让人觉得舒服又方便。她靠在椅背上，刚要翻开书，手指却一僵。

许多时候，身体是有记忆的。比如林复苏，但凡周遭超过十双眼睛盯着她，她的身子就会微微僵硬，即便她习惯了逞强和装作无所谓，那阵突如其来的心悸也骗不过自己。她不动声色地偏头打量，果然有许多同学在偷偷看她，对她指指点点，窃窃私语。

林复苏佯装未觉，翻开了书，但那些黑字莫名晃动起来，一个也进不了眼底。

"喂，起来。"

忽然一个人影出现，林复苏抬头，看见令狐齐飞抱着手臂，摆出一张臭脸。

"这儿有人的。"令狐齐飞用下巴示意她换座，"你坐那边去。"

原来一个人笑和不笑，差别能这么大。

不过联系起上午的事情，倒也难怪，令狐齐飞还挺在乎朋友，只可惜自己好像被他记恨上了。

"这儿不是空着的吗？"林复苏合起书来。

其实，林复苏稍稍示弱的表情和合书的动作，是在表示自己并不知情，只要对方正常接一句话，她就会起身离开。这样，对方不像在找麻烦，她也不像被赶走的弱者。

大家相安无事。

但偏偏令狐齐飞浑然不觉。

"什么空着不空着？外边的楼啊山啊那么高，也没见你都去爬一爬？"令狐齐飞心里余怒未消，联想到自己对她的友好和她给说秦路南坏话的人鼓掌那一幕，怎么琢磨怎么觉得自己看错了人。

在有了这个印象之后，令狐齐飞越看林复苏就越觉得虚伪，说话也开始不讲道理，每个字都流露出找碴儿的意味。

林复苏生气又好笑。

再怎么样，她也是个少女，多多少少有点儿脾气。再说，如果她现在被令狐齐飞赶走，以后在这儿，别人会怎么编派她？

林复苏将刚刚合上的书又翻开，也不理令狐齐飞，自顾自低头看了起来。

"喂，你……"

"嘘。"林复苏轻声道，"图书馆禁止喧哗。"

令狐齐飞吃了个瘪，不情不愿道："狐假虎威、婆婆妈妈的，也就这点儿像个女的。"

林复苏抬头，眸光一冷，连令狐齐飞都被这个眼神唬得下意识后退了一步。这句话很明显冒犯到了林复苏，可她只是微微一顿，便将书又翻开了一页。

从前也有人说过，她不像个女孩子。不止外貌，在性格上，她好强、果决，好像遇见什么事情都能处理得来，永远都冷静理智。当时林复苏只轻轻一笑，她想说是你狭隘了，女孩子有很多种，她们可以很酷、很冷静，可以承担，可以负责，可以选择做自己想做的任何事情，未必一切都要贴合你们的想象。

但末了她什么也没说，她从不敢给自己多找麻烦。

书桌两旁的窗子好像有特别的设计，特制的玻璃和窗户结构能够保证足够的光线洒落进来，且即便是夏季也不会叫人觉得刺眼，反而柔和得很，给人一种阅读享受。

令狐齐飞还要说话。这时，有人走了过来，他只回个头就噤了声，好像先前态度嚣张要赶人的不是他。

林复苏察觉到令狐齐飞气势上的变化，下意识地抬起头来，随即愣住。

只见不远处一个身材颀长的少年拿着本书慢悠悠朝这边走着，他穿着休闲白T恤配牛仔裤，很普通的装扮，给人的感觉却像是在走红毯。

走动时，少年的刘海被风带到两侧，露出一双难得的秀美凤眸。说来奇怪，明明是柔媚的眼型，可少年眼神锐利……说是张扬不太准确，但那双眼睛传达出的傲气却也不能叫人忽视。只是他太瘦了，脸上毫无血色，细白皮肤也只薄薄覆盖了一层在他身上，林复苏一瞥就能看见他肩膀两侧的骨点和皮肤下边脆弱的青色血管，看上去不太健康。

少年将书放在桌子上，屈指在桌上轻轻敲了两下，站姿端正，动作不疾不徐，没有哪一步给人感觉强势，却轻而易举就将人带进自己的节奏里。

他们对视一眼，林复苏微愣，时间也仿佛在这一刻被无限拉长。

但很快，对面的少年把她拉回现实。

"这是我的座位。"

在短暂的沉默过后，林复苏突然笑了。

她起身让出了座位，却也没有离开，而是将自己书本摆在那个座位的邻座。也是站起来才发现，这个看上去单薄纤细、瓷器一样脆弱的漂亮男生，居然比自己还高一些。

林复苏友好地伸出手。

"你好，秦路南，很高兴见到你，我叫林复苏。"

秦路南低眼看向林复苏伸出的手，并不回应，反而转头望向令狐齐飞："这就是你说的那个跨区转来的中考状元？"

令狐齐飞老实点头，看上去乖顺得很。

今天图书馆的空调开得低了一点，好几个同学都披着外套，点完头之后，令狐齐飞甚至还顺着抱手的动作在手臂上摩挲了一下，说："南哥，你冷吗？要不要去找件衣服？"

"不用。"

秦路南随口拒绝，继而挑眉，在回头的同时很轻地勾了一下嘴角，带出一个短促的笑。

他握上林复苏还未收回的手，掌心一片温热，和自己不论季节冷暖总是冰凉的手形成鲜明对比。听说生命力强的人一年四季身上都是暖的，哪怕是在摄氏零下几度的冬天穿两件衣服也不会感冒，真是朝气蓬勃得叫人讨厌。

"你好，第二名。"秦路南收回手。

林复苏一滞："第二名？"

秦路南下巴微仰，又冷又傲："遇到了我，你以为你还能考第一？"他说完一歪头，"倒也不是不可能，高二文理要分科，你不要和我选同科就好。"

在林复苏很小很小，还在老家住平房的时候，她家隔壁的菜园子里住了一只野猫。后来有一天，野猫生了一窝小猫，个个都毛茸茸的，非常可爱，她和姐姐林复皎便经常偷偷跑去看。

可小奶团子们虽然不大却不好糊弄，它们十分怕人，偶尔她们走得近了，奶猫就会亮出小爪子，冲她们哈气和努力号叫。

它们的确是在认真地威胁和凶人，但林复苏只觉得可爱，可爱得心都化了，恨不得冲过去一手一个抓过来揉。但最后，她还是很给面子地一边说"我好怕"，一边退后，让奶猫以为自己的确威武到吓退了敌人，她则和林复皎一起躲在不远处偷瞄它们胜利后伸出的轻松小懒腰。

对着眼前这个看上去体弱的秦路南，林复苏莫名便想到了那一窝小猫。她分神时，忽然发现秦路南的头发好像很软。

放出的狠话没有得到回应，即便是"小霸王"也是会尴尬的。

秦路南的面色更冷："……你听见没有？"

没想到对面的人竟然"扑哧"一声笑了出来。

秦路南差一点就要恼羞成怒了，好在这时林复苏收敛了表情。

"知道了，南哥。"

秦路南一时间有点儿看不懂林复苏。

这声南哥说是服软也能讲得通，但说套近乎似乎也没错，再或者，对方的表情并不诚心，仿佛半点儿也不害怕，会这么说也可能是在佯装大度配合他？

对敌人的判断不准严重影响了秦路南发挥。

他不发一言，冷哼一声，转身就走。

令狐齐飞一时没弄清楚状况，以为秦路南是被气着了，连忙跟上去。而林复苏在看见那个身影消失在图书馆门外之后，安静坐回座位，翻开了一页书。

周围的同学见到再无热闹可看，也纷纷收回目光，做起了自己的事情。只有几个好八卦的在用极小的声音讨论，说秦路南似乎很看不惯这个新同学，刚才又被弄生气了，以后不晓得会怎么整她，说话间不住地往林复苏这边瞄，瞄完又回头，说她看上去也有点儿意思，根本不怕秦路南。

大家都在用自己的判断做推测，看好戏的人居多，担心他们要闹事的也有几个。

林复苏听到了细碎几句，却难得地没把人言放在心上。她回忆着秦路南刚才离开时的样子，对方拼命隐藏的局促和尴尬，只有她看了出来。

看来令狐齐飞说得没错，而徐晨伟提供的信息大多是其编派的。

秦路南明明是一个很有意思的人。

第二章
既然身体不好，
干吗要逞强呢？

人类真是矛盾，人心也很廉价，居然这么容易就被无关紧要人士的关心感动。

Zao zao chun

1.

开学过后，很快便开始了军训。烈日下，操场上的塑胶跑道都被晒化了似的，一天下来，大家的双腿跟着跑道上的塑胶一起发软。

秦路南没有来参加，但他领了一套迷彩服。

有的时候，林复苏他们在操场站军姿踩正步，会看见树荫下往这边望的秦路南。不同于他们衣袖恨不得撸到肩膀上的汗流浃背，秦路南总是将衣服穿得一丝不苟。

他像是另一个世界的人，即便与他们穿着一致也显得格格不入。

在短暂的休息时间里，以徐晨伟为首的男生聚在一起阴阳怪气，说秦路南就是为了炫耀自己不用军训才故意在边上站一会儿，人家这是在表现自己的不同呢。

但林复苏直觉不是这样。

她看向树荫下的少年。

秦路南站的地方离他们并不远，林复苏只一眼就看见他苍白小脸上不正常的红晕，像是晒的。甚至在林复苏看过去的时候，秦路南正好低着眼睛微微皱眉，明显在强撑着缓解不适。

林复苏感觉很奇怪，秦路南一直站在树荫下，而且也没站多久，怎么就看起来这么累？还是他的身体真有那么差？

没来得及想太多，教官又召集他们跑圈儿。

经历了一上午的训练，他们的衣服几乎湿透了，每个人都累得够呛。负责一班的陈教官是军校的在读生，没比他们大多少，性格也亲和好说话，这会儿看他们一个个蔫哒哒的，爽朗一笑。

"行了行了，别一个个垂头丧气的，看你们这么不容易，要不我请你们喝奶茶？"

惊呼声中，蒋梦甜是第一个亮着眼睛举起手的："教官，请全班吗？"

男生群里有人打趣："不然只请你一个人啊？"

陈教官跟着大家一起笑。

"对，请你们全班，团购应该能便宜点儿吧？"

令狐齐飞带头鼓掌："教官大气！"

徐晨伟跟着喊了一句："确实大气啊！"

令狐齐飞厌恶地回头瞥了他一眼。徐晨伟却无所谓般耸耸肩，满脸都是"你能怎么样"。开学总共还没几天，他们两个的不和却已经在班上出了名。

这会儿又燥又热，人的火气也大，一点儿火星子就能把人点燃。眼看这俩又要对上，几个男生立马分别站他俩旁边，小声"算了算了"地劝着。

被包围在叽叽喳喳的小女生里，陈教官并没有留意到这边的情况。他打开手机订外卖，订完让他们起来站军姿，说等外卖到了再休息。

这回大家都特积极，站得也笔直，只是耳朵都装了接收器，就等着陈教官的手机铃声。

奶茶店的动作很快，不久就来了电话，但学校门口不让外卖员进，陈教官想了想，干脆点了几个男生一起过去取。

说巧不巧，几个男生里正好就带上了令狐齐飞和徐晨伟。

"其余人，原地休息！"陈教官吹声哨子下命令，"不要吵闹，不要大声，听见没有？"

大家热情高涨："听见了！"

陈教官这才满意地带着人离开。

林复苏在班里人缘不错，和谁都相处得来，每回休息，身边都会围上几个说话的人。

不过，平时她和人聊天，哪怕只是闲聊都很专心，这回却频频走神。惦记着秦路南先前不舒服的样子，说两句，林复苏就忍不住往秦路南那儿探一眼，生怕那个纸片裁出来的单薄少年会在他们不注意的时候晕过去。

林复苏一边下意识担心，另一边，心里也有点儿不解。

既然秦路南身体不好，那他为什么还站在这儿，为什么不回教室休息？本来特殊化就容易让人心理不平衡，他还要把自己的优待摆出来，两相对比之下难免惹人嫉妒，整得自己难受，又容易让人说闲话，真是不懂他在想些什么。

哨声一响，隔壁班也开始休息，一个戴着眼镜的齐刘海男生，拿了瓶没开的水朝秦路南跑过去。他个子不高，比秦路南矮了半个头，笑意和动作都很殷勤。秦路南却只瞥他一眼，接过水一句话不说就开始喝。

林复苏听不到那个矮个子男生在说什么，但从秦路南的肢体动作能感觉出两人应该很熟，可就算是熟人也不说话吗？果然冷漠。

就在这时，总教官走过来。

总教官不具体负责班级，只是偶尔巡查，看看有没有不规矩、偷懒的学生，或者有没有偷偷放水的教官。

他来的时间太准，一个一班，一个在旁边刚刚休息的五班，这两个班都懒懒散散坐着，乱成一团。甚至一班的教官人都不见了，而五班的教官也背对这边，根本没发现。

在总教官的世界里，没有什么"才休息不久"，只要大家瘫着，一律当作摸鱼处理，尤其一下子抓了两个班。

总教官板起了脸："都干什么呢！"

这一声吼，比学校的喇叭还厉害，直接吼蒙了所有人。林复苏在惊愣之余去看秦路南的反应，刚好将秦路南被吓到愣神的样子收入眼底。

林复苏偷笑，但碍于总教官正在发脾气，又强行压下嘴角。

"还有那边两个，还乘凉呢？过来！"

矮个子男生明显怕事，"哎哎"应着就往回跑。

总教官指着秦路南："还有你，归队！"

矮个子男生跑到一半又回头："教官，他身体不太好，是批了条子免军训……"

"免军训？"总教官又望回秦路南，"那他怎么穿了军训服？"

"这……"矮个子男生吞了一下口水，"他穿着好玩的。"

自始至终，秦路南都低着头，不发一言。

总教官的脸色越发难看："好玩？"他表情严肃地问秦路南，"你穿这个是为了好玩吗？"

"报告教官。"

秦路南从树荫里走出来，浅金色的阳光薄薄覆了一层在他身上，将原本就漂亮得会发光似的人衬得更加耀眼。

"我的确批了条子，不用参加军训。"

"是吗？条子给我看看！"

秦路南声音很轻："我没有带。"

总教官："那你说说，你是为什么可以不用参加？是身体原因，还是有什么不能剧烈运动的病，或者别的问题？"

仿佛被触及逆鳞，秦路南原本平静的脸上浮出几分郁气。

他不再开口，只是静静站在那里，而总教官等不到他的解释，便直接将他的话当作不想训练的借口。现在的孩子大多娇生惯养，而总教官最不喜欢的就是这些温室里的小孩儿，他每回看见，都想好好把人磨炼一番。

"没话说了？"总教官嘴角向下，"没话说就归队！"

秦路南强忍着什么似的："教官，万一我训练中出了什么事呢？"

总教官是军人出身，大老粗一个，几十年都是这么练过来的，他完全无法理解这些千方百计想要逃避训练的年轻人，让他们锻炼和要他们命似的，分明他这是为他们好。

再说，他看这男生瘦是瘦了点儿，但说话也不虚，年纪轻轻的，跑个步能出什么事？

此时总教官已经有些不耐烦了，可他并没有将这些话说出来，他就这么盯着秦路南。

秦路南看出他的意思，深吸口气，终于放下手中水瓶，走向一班的队伍。

他们的位置都是排好了的，秦路南一时也不清楚该往哪儿插进去，但在与林复苏对视之后，他默默站在了林复苏的前边。

林复苏失笑。就算是在这种时候，秦路南也要站她前头，真够孩子气的。

"全员集合，慢跑十圈，预备！"

队伍里有抽气的，有小声抱怨的，但很快都在总教官的哨声中安静下来。

"你能跑吗？"林复苏凑到秦路南边上悄声问。

秦路南并不回答，他像是在和谁赌气，目不斜视地向前跑。

林复苏见状也不再多问。

她想，秦路南应该对自己的身体有数，如果他真那么虚，就不会逞这个强，又或许他真的应该加强锻炼，不然再这么着下去，哪天风大点儿都能给人吹走了。

林复苏边跑边放飞想象，似乎已经看见了风筝版的秦路南，他晃晃悠悠飘在天上，只剩一根绳儿系着他的腰……

林复苏脑补得正开心呢，前边的人却脚步一晃，眼瞅着就要摔倒。

林复苏手比脑子快，连忙扶住脸色苍白得不正常的秦路南，她虽然个子高，但到底是个女孩子，秦路南看着瘦弱，体重却不轻，那突如其来的一倒，险些没让他们俩一起摔。林复苏咬牙撑起秦路南，炎炎烈日，大家都从头发丝里往外冒汗，距离烤肉就差把孜然了，秦路南却浑身发凉，冰块儿似的，出的全是冷汗。

"你没事儿吧？"

这不过才跑了一圈，秦路南已经呼吸困难一般喘不上气。

——"万一我训练中出了什么事呢？"

林复苏后知后觉地想起来秦路南进队之前冲着总教官问的这句话——秦路南不是吓唬人，他是真的不能跑。

但既然不能跑为什么还要跑？他就这么要强？为了面子，身体都不顾了？

"教官！"林复苏着急把人扶出队伍，"他好像不太对劲，我能先送他去医务室吗？"

总教官过来查看秦路南的状况。秦路南的样子太糟糕，这副难受的模样装不出来，总教官这下才终于相信男生不是为了偷懒才与他顶嘴。他虽然有些后怕，但遇见事情也还拎得清。

"快去！快去！"

林复苏连忙挽着秦路南出队，可是这时的秦路南已经连站都站不稳了。

后边的人不知道他们是怎么回事儿，也没看见秦路南白得发青的脸色和唇色，他们只能看见林复苏扶着秦路南走了几步就停下，接着换个姿势挽着秦路南离开了。林复苏的动作利落，比起秦路南，她更像个汉子。

2.

医务室里，原本悠闲的校医一听见秦路南的名字便立马变了脸色，简单查看后，赶忙拿出药让他含服，又叫林复苏和自己一起扶着人平躺在小床上。

"老师，他没事儿吧？"

此时，林复苏的状态也不怎么好，她唇色发白，一边扶着秦路南，一边看那药瓶的名字，有一瓶好像是什么救心丸。

校医老师摆摆手没说话，只是动作匆忙地从抽屉里翻出个号码打过去。

他说话时特意避开了林复苏去到外边。

林复苏无奈，等待中只能看着昏沉睡着的秦路南发呆。

睡着的秦路南少了清醒时那份拒人于千里之外的冷淡疏离，没有故意摆出的嚣张锐利作掩饰，身上那股琉璃般易碎的脆弱感便显现出来，像是有魔力一样，单单躺在这里就能勾起人的保护欲。

林复苏忍不住想，如果秦路南生在古代，让他扮女装施展美人计，应该也能成为被写进史书的祸水。

不久，班主任黄老师跟着校医一起进来。

"他这是怎么了？"黄老师步履匆匆，满脸的担心。

"黄老师。"林复苏将目光从秦路南身上移开，"刚才军训的时候他跑了一圈，开始还好好的，但不知怎的，跑着跑着就晕倒了。"

黄老师倒吸口冷气——这小祖宗到底知不知道自己什么情况，居然还去参加军训？

林复苏试探着问："老师，他应该不会有什么问题吧？"

黄老师欲言又止，校医也叹一口气："还得再做检查，等会儿救护车就来了，你先回去吧，别在这里等着耽误你事儿。"

救护车？

黄老师也附和着叫林复苏先走。

林复苏只能点点头离开。

033

在回去的路上，林复苏听见疾驰而来的救护车声，她回忆着医务室里的事情。秦路南白纸般的脸色，校医老师慌乱的反应，黄老师匆匆赶来的焦急……一桩桩一件件，都在彰显着秦路南病情的严重性。

当林复苏再回到操场，大家的圈已经跑完了，一个个都累得瘫在地上。

隔壁班挪去了远些的地方，而一班的同学累归累，但每个人的手上都捧着杯奶茶，即便一脸疲惫，也在疲惫中透露出满足。

蒋梦甜凭空钻出来似的："林复苏！喏，这杯是你的！"

林复苏被吓得小退几步，但很快稳定下来："谢谢。"

她接过奶茶，蒋梦甜却并没有离开，而是跟在她身边。

林复苏觉得奇怪，她和蒋梦甜平时说话不多，也不算太熟，尤其注意到对方这双不同以往、亮闪闪的眼睛，她总感觉别扭。

林复苏停下脚步，温和笑道："还有什么事吗？"

"嗯，是这个样子的。"蒋梦甜明显没组织好措辞，语速都比平时慢了一倍，"刚才秦路南是出了什么事吗？我……我们跑在后边也没看清，总之他还好吧？是不是中暑了？"

原来是想问这个。

她推测秦路南的身体应该有些不好说的问题，但推测归推测，也不一定准，再说秦路南自己都没说过什么，依对方的性格而言，想必也不愿意多提。

林复苏笑笑："我也不太清楚，把他送到医务室等了会儿老师检查就回来了。"

"这样啊。"蒋梦甜也没多问，"那希望他能快点儿恢复。"

林复苏点点头，正要走回自己的位置，就看见令狐齐飞被点着了似的冲到徐晨伟面前。

"你什么意思？"

徐晨伟啧他一声，翻个白眼不说话。

伤害性不大，侮辱性极强。

而令狐齐飞正好就是个受不得激的。

"你有种再说一遍！"

徐晨伟也晃晃悠悠站起来："好话不说第二遍，真那么想听，求求我。"

"干什么！干什么！"陈教官本来在和隔壁班教官说话，听见这边吵吵，转头走过来。

但他的脚步到底没有令狐齐飞的拳头快。

"今天我就让你知道谁才是爹！"

令狐齐飞揪住徐晨伟的衣领就给了他一拳。

徐晨伟被打倒在地，火气也噌一下上了脸，他偏头啐出口唾沫，骂着就要站起来打回去。没想到令狐齐飞狠劲儿上头，旁边几个男生都没拉住，他又是一推，把人推回到地上，直接就要踩过去。

蒋梦甜吓得一愣，但很快反应过来，甚至比林复苏的反应还快，她"哎"一声就要往人堆里冲去劝架，还好被人拉住了，她回头对上林复苏一张无奈的脸。

　　她说："女生就别去了，男生打起架来不看人的，被误伤不好。"

　　林复苏看上去俊美温柔，说话又细心体贴，给人的感觉像太阳一样，亮得夺目。

　　说完，林复苏自己跑了过去，只剩下蒋梦甜呆呆地站在原地。

　　……林复苏不也是女孩子吗？

　　人堆里，令狐齐飞和徐晨伟打得难舍难分。大概人在真正动怒的时候会爆发出难以想象的力量，两个人扭在一起，连陈教官都没能把人拉开。

　　林复苏混进去，跟着男生们一起拉人，结果这边太挤，她一个踉跄摔在两人中间，脸上挨了令狐齐飞狠狠一拳。

　　"嘶——"

　　看见误伤了人，令狐齐飞一愣，就这么半秒钟的工夫，他被找到下手机会的陈教官从徐晨伟身上拉开。而地上的徐晨伟早就没有了还手之力，到了后半段，那简直就是令狐齐飞单方面的凌虐，而徐晨伟只能捂脸哼哼，整个人身上脸上青青紫紫让人不忍直视。

　　林复苏因此体会了一把一上午跑两趟医务室是什么感觉。

　　当校医调侃自己都要记住林复苏了的时候，班主任黄老师正巧赶过来，他难得神情严肃，板着脸将刚刚处理完伤口的令狐齐飞和徐晨伟叫了出去。很明显，他已经和班上的同学了解过情况，但这会儿依照惯例，还是又和他们问了一遍。

"老师，是他挑事儿！"

即便过了这么久，再提起来，令狐齐飞依然愤愤不平："这家伙从以前就嫉妒秦路南，逮着个机会就要念上两句，我这也是打抱不平！"

"你说谁嫉妒他！"徐晨伟也怒了，"我嫉妒他什么？他有什么好让人嫉妒的？"

令狐齐飞翻着白眼对他笑："这不该问你吗？你……"

"行了！"黄老师打断他们，"还没闹够是吗？"

两个人各自不服气，就算在老师面前也没一个服软的，只是沉默下来不再吵架，但火气都还憋在心里没消下去。

黄老师来这儿主要是为了调节，但看他们这架势，梁子还真是结得死死的。他暗自叹一口气，说了许多，只是两个人听没听进去谁也不知道。

一个令狐齐飞低头看着脚尖。

一个徐晨伟望着远处在发呆，说发呆也不准确，其实他是不自觉想起了初中那三年。

徐晨伟初中时和秦路南是同学，从前他很自信，也有自己的骄傲，他并不讨厌优秀的人，对那些编派秦路南的流言嗤之以鼻。在他的认识里，大家各放各的光彩，各自施展自己的本事，背后讲人家坏话算什么好汉？

但那一次，他拼尽全力还是只拿到了年级前五，明明也是很好的名次，但同学们只知道年级第一。周一早会时的操场上，他跟着身边的同学们站在下边，看着秦路南以优秀学生代表的身份站在台上发言，他忽然发现自己好像被什么盖住了。

好巧不巧，身边的男生回头冲他扮鬼脸："不是说这回稳赢，学生代表指定是你吗？吹牛。"

对方的声音不大不小，最前面的老师听不见，但周围的同学们听得一清二楚。当时他攥紧了拳头，一下子就讨厌起台上那个人。

十几岁，正是少年自尊心最强的时候，也是对世界的认识还没有成形、思路最容易被带偏的阶段。

宇宙中的每一颗星星都会发光，但没有人能在白天看见它们，因为白天有太阳。没有任何一颗星星能盖过它，即便它陨落，也没有星星能替它成为新的太阳。

后来晨会结束，大家急着赶回教室，秦路南身边围着一群人被众星捧月般对待，他却在人群里被忽略、被推搡。那一刻，他感到了极度的不平等。

如果说成为自己曾经看不上的那种人是一件令人遗憾的事情，那么在完成这种转变之后，那个促使他变成了这样的人得到他最深的憎恶和恨意也是理所应当。

"你们两个听见了没有？军训期间打架斗殴，以前可没这样的事情！校有校规知不知道？在校内打架是要背处分的，你们还想不想好好上学？"黄老师讲了半天，面前的两个学生却在各自走神，他气不打一处来，"这才刚开学，往后还有三年！怎么，好不了了是不是？"

令狐齐飞撇撇嘴："我知道了，老师，以后我会尽量控制，不会这么冲动了。"

黄老师顺了口气，转头："你呢？"

徐晨伟紧了紧拳头。

他抿了抿唇："我也知道了。"

知道归知道，但那个令人讨厌的人，他大概永远喜欢不起来。

3.

当秦路南醒来时，他只看见四周一片白。

都不需要转动眼睛多瞧瞧，他就知道这儿是自己最熟悉也最讨厌的地方。

在他醒过来的那一刻，私人陪护便尽责地迎上来了："您醒了？稍等，我去叫医生来检查。"

秦路南恹恹地"嗯"一声，撑着身子坐起来："等等，麻烦帮我把窗帘拉开。"

"好的。"

陪护拉开厚重的窗帘，红紫色的霞光烧了漫天。

"又睡过去一天。"秦路南喃喃道。

他的瞳色又深又黑，即便对着光也照不透，没人能看出来他在想些什么。

少年身形单薄，面向如烧残阳，整个病房都被红光浸染，唯独他的背影偏冷，在病床上投出长长的影子，一片暖光里显得孤寂又无力。

"今天只剩下几个小时就算顺利度过。"

然而明天的我是会起床还是会死去呢？

秦路南静静等着医生到来。

在被摆弄着戴上检查仪器时，秦路南安安静静闭着眼睛，恍惚中想起自己在操场上失去意识的前一刻。

秦路南对自己的人缘心里有数，整个班上就令狐齐飞能帮自己说句话。而其他人，就算知道他可以免军训，也不会在总教官生气时站出来替他说话。

其实这是小事，给班主任或者其他老师打个电话就能解决，但那一刻，他也说不清自己是在赌什么气。就像他也说不清自己到底是想继续活下去，还是干脆眼睛一闭一了百了，他看不懂自己。

分明知道没人喜欢他、在意他，居然还会被没人帮他说话这件小事烦闷住了，说起来怪可笑的，毕竟最开始选择用这样态度做自己的也是他。

"接下来我们要抽点儿血。"医生轻声道，生怕惊着了他。

秦路南嘴角一撇，又来了，又是这种语气，好像声音大点儿他就会被吓死。

他熟练地伸手握拳，等着取血针扎进皮肤。

今天跑圈的时候，有那么一刻他觉得很爽，他羡慕操场上那些胡乱蹦跶的"猴子"很久了。尤其是他们习以为常，并不觉得这样的蹦跶有什么特别。

明明拥有这么好的东西却不自知也不珍惜的人真是叫人讨厌。

尤其是那个林复苏，表现得太惹眼了。

军训里几乎每个人都犯过错，唯独林复苏一直是标杆，体能好得跑上十几圈都不觉得累，人家撑着膝盖弯着腰吐舌头，她还能帮人拿水，这个世界真是不公平啊。

这么短的时间里，林复苏就和所有人打成一片，在刚开学的时候，连令狐齐飞都和他夸起过林复苏，甚至连他引以为傲的成绩也被林复苏打平。

真是一个叫人不讨厌的地方都找不到。

但在他失力跌倒的前一刻，也是这个人扶住他，着急问他怎么样。

还有，在林复苏手忙脚乱扶着他往医务室跑，一路小声念着让他撑住的时候，他其实还没有完全失去意识。

人类真是矛盾，居然这么容易就被无关紧要人士的关心感动。

"换一只手吧，这只手抽不出血。"医生抱歉道，"可能是血管太细了，血出不来。"

什么太细了，明明就是这颗心脏的供血功能有问题，难为医生还在帮他找补。秦路南眼也不眨地伸出另一只手。

他对此习以为常，不发一言。

秦路南这一回的假请得很久，一直到军训结束后几天，他才施施然回了学校。

因为令狐齐飞惊天动地的那一架，这段时间没几个人敢当着他面说秦路南坏话，生怕自己会变成下一个徐晨伟。在班上不敢说，在外边也怕被听见，林复苏都感觉自己耳朵边上清净了许多。

也是这个时候她才发现，原来先前耳边有那么多对秦路南不友好的声音。

这天放学，林复苏身边照例围了几个男生约她去打篮球，正巧坐了一天腰酸背痛，她也想动弹动弹，于是笑着应一声好，没想到刚刚应完就对上秦路南一双冷眼。

林复苏笑脸一僵，她努力回忆，自己好像没有哪个地方得罪过秦路南啊？怎么对方就这么看不惯她呢？

林复苏百思不得其解。

他们对秦路南意见不大，到底也没实际结过梁子，但多多少少有些不愿靠近。

直到走到篮球场，抱着球的男生才松了口气："好家伙，刚才秦路南那眼神，我还以为他心情不爽要和咱挑事儿呢。"

"可不是。"林复苏身边的平头男生附和，"喜怒无常的，真叫人摸不清楚。"

另外一个小平头冲他们摆手："行了行了，打球打球！少扯那些有的没的，七点就上晚自习，等会儿别再和上次一样，饭都没时间吃！"

抱着篮球的男生把球砸过去笑骂："就知道吃！"

教室的窗户边，秦路南倚在那儿，有一搭没一搭和令狐齐飞说话。

"南哥，你是不是又没接你家老爷子电话？"

和许多高中一样，他们教学楼下边就是篮球场，每天下午放学，底下都跑着一群男生。而林复苏混迹在男生堆里，身边总是热热闹闹，似乎没有人把她当成异性。

好奇怪，凭什么她一个女生能有这么多兄弟，他却不行？

秦路南面色微冷，不过他也不需要就是了，他一点儿也不需要。

令狐齐飞拿着手机一脸苦色："老爷子现在就在学校外边，知道你不愿意他进来找，一直等着。南哥，还是出去见见？"

他最不愿意的就是当秦老爷子和秦路南的传话筒，但无奈两家关系亲近，他和秦路南又是发小又是同班同学的，每回秦路南不接电话，那边家长就往他这儿打。

秦路南轻飘飘瞥他一眼。

令狐齐飞背上一冷："哎……你别这么看我啊！我这不也是没法子嘛。你爷爷打电话，我总不能不接不是？"

"怎么不能？"秦路南移开目光，望向球场上正做着假动作过人的林复苏。

打得很痛快啊，还有小女生偷瞄，很出风头吧？真叫人看得不爽，即便这么说不礼貌，但他真是一点儿也不想为了那天被送去医务室感谢林复苏。

令狐齐飞都快急死了："南哥，南哥哥，我的亲哥，您……"

"别叫这么恶心。"秦路南打断他。

"那……"令狐齐飞一时语塞，"那你说老爷子来都来了，你到底去是不去啊？"

楼下林复苏脚尖一踮，跃起灌篮，周围响起一片欢呼。

越看越烦，不看了。

秦路南回座位喝一口水，令狐齐飞也跟着离开窗边。偏巧这时林复苏抬眼，目光所至空无一人，她歪歪头，也许是余光偏差，看错了吧。

秦路南怎么会站在那儿看她呢？

"去，人都来了，我还能不去？"秦路南面色不悦，说完便走出教室。

　　天边霞光泛橙，夕阳卷着火色云霞慢慢下落。傍晚的天空总容易被分成两半，与残阳相对的另外一边已经有了夜色前兆，能够看见小小月轮和几颗较为明亮的星星。

　　从教学楼出校门有三条路，这个时间点，球场上到处是人，担心磕着碰着被球砸，没几个会选择从这里插过去。秦路南却径直走向球场。

　　最近入了秋，白天还是燥热，但太阳一落山温度就降下来。秦路南披着件薄薄的长袖外套，双手插在口袋里。

　　边上篮球架下那一群有几个人已经停下了，是怕砸到人还是什么别的原因并不清楚。在和秦路南对视的那一瞬间，林复苏不禁怔住。

　　不得不承认，有些人就是天生的发光体，走两步路就能吸引所有人的注意。

　　在秦路南走过之后，平头男生吞了口口水，说："秦路南这气势是真足啊。知道的他这是要出去，不知道的以为他参加电影节呢。"

　　抱着篮球的男生汗津津过来钩住小平头的脖子："有一说一，南哥这人不好惹，长得倒是真好看。"

　　"起开。"平头嫌弃地把人一推，"全是汗。"

　　林复苏不附和也不反驳，只是笑笑，她看一眼手表："正好时间差不多，去吃个饭就该上晚自习了，走吗？"

"走走走！"

男生们擦一把汗，一边勾肩搭背，一边互相嫌弃。

现在过饭点儿了，食堂里的菜估摸着也没剩下多少，他们商量后决定去校门口打打牙祭。

林复苏摸了摸口袋，原本想推托，但架不住他们左一句右一句劝着。林复苏无奈，一边在心底叹气算这个月还剩下多少生活费，一边笑着跟他们走到小饭馆门口。

刚刚坐好，他们就听见旁边桌上同校男生用夸张的语气在讨论什么。林复苏对这些好奇心不大，她只是不动声色地看大家，默默算着这顿饭自己该付多少钱。

"可不是，你知道那个黄尚吗，就一班那班主任。"

林复苏敏锐地察觉到自己这边几个男生支起了耳朵。

"刚刚我和老五都看见了，他点头哈腰地凑在那辆迈巴赫的车窗边上，啧！"

虽然没有亲眼看见那是怎么个场景，但就凭男生的肢体动作，林复苏就能断定对方这番话里有夸张，只是不知道具体夸张了多少倍。

"关键是啊，你们知道那个秦路南吗？"

"那谁不知道？"说话的人阴阳怪气，"简直如雷贯耳！"

林复苏一顿。

"一班那班主任凑车边上说着话呢，秦路南和他点点头，直接就打开车门上去了！"

"这么有钱？我以为瞎传的呢！"说话的人咂咂嘴，"那你们说，我们学校是不是真有他家投资？"

"这谁说得准？不过他在学校里这些特殊待遇是一点儿不假。他不是军训都没参加吗？你说咱们，上回我们寝室有人想请两天假都没给批，人家说不来就不来，怎么样，这差距，你品你细品。"

身后的人继续酸道："人家是衔着金钥匙出生的。"

"会投胎呗……"

后边的编派越来越过，连小平头都听不下去了，再怎么说秦路南脾气不好，但人家也没对他们怎么着过。和徐晨伟那一小伙人不一样，打篮球这一团算是中立，心里一码一码明白着呢，再说到底一个班的，还带上他们老师，听见隔壁桌这么编，谁也不舒服。

正在大家看不过去要反驳时，林复苏先一步开了口："有钱成绩又好，确实了不起啊。"

林复苏说话带笑，语气温和，但越是平静陈述，那伙人听着就越觉得是在讽刺他们。

"你……"

那伙人正准备出声教训，林复苏起身将写好点菜的小本子递给老板："谢谢，我们就要这些。"

林复苏个子高，眉目深，军训时晒黑了些。

隔壁那一伙人明显是欺软怕硬只会背后说人坏话的，这会儿看见林复苏这边的人一个个都人高马大不好惹，一副运动健将的架势，立马就息了火，小声说了两句之后就彻底噤声。

第三章
他不是那样的人

小少爷气得满脸通红!

Zao yao chun

1.

秦老爷子在校门口见到黄老师，顺口给秦路南请了个假，当时就带着人回了家，秦路南也因此没能上成晚自习。

车子平稳行驶，秦路南半闭着眼睛靠在后座，满脸都写着"谁也别吵我"。

秦老爷子的脸上有点儿挂不住。

他原本过来接秦路南回家吃饭，就是念着上回因为手术的事情和这孩子大吵一架，两个人冷战了这么久，想和这个孙子缓和一下。没想到，秦路南还是不愿意搭理他。

秦老爷子满头银发，但精神气十足，兴许是常年皱眉，他的眉间留下了几道深深的痕迹，微凸的颧骨下边，一双薄唇总是不自觉抿紧，显得不怒自威，不好接近。

他轻咳一声："最近在学校还好吗？"

明明应该是关心的语气，可大概秦老爷子习惯了发号施令，难得想温情一回都改不过来，秦路南只听见了一片冷硬。

秦路南嘴角一抽，真难为爷爷了，没话还要找话说。

"嗯。"他随口敷衍。

秦老爷子在心底叹一口气，年轻时征战商场都没这么难。他转过头，看着秦路南抱住手臂一脸防备、拒人于千里之外的模样，觉得心口堵得慌，原先准备要说的话一时也卡在喉间。

　　车内重新安静下来。

　　良久，秦老爷子才再开口："那天晚上爷爷不是故意要说你。"开了个头，后边的话便好说了，"爷爷只是太担心你了，你还年轻，很多东西都不当回事儿，可小南，有些事是等不得的，时间非常重要。你可能不太清楚自己的身体，你的身体……"

　　秦老爷子说着说着，竟然哽住了。

　　他缓了好一会儿："小南，就听爷爷的好吗？咱们去做手术吧，爷爷一定帮你找最好的医生，我们会把风险降到最低，一定会成功的好吗？"

　　这样一番话，不可谓不苦口婆心。

　　但是，秦路南偏不爱听。

　　面对秦老爷子期待的目光，秦路南冷笑一声："我还年轻不清楚？心脏有问题的是我，每回犯病在生死关里走一遭的也是我，有谁比我更清楚自己的身体？说什么一定会成功，这句保证您自己信吗？"

　　"小南！"

　　"是，我知道……如果手术成功了，您就能得到一个健康的孙子，会比现在省心许多倍。而如果失败，我死在手术台上，你们也解脱了，伤心难过也不过一阵子的事儿，这阵子过了，等你们走出来，也好专心培养佑平和佑安，是吗？"

秦老爷子嘴唇都气得发颤："小南，你就是这么看我们的？"

秦路南望着窗外，面色平静："我当然知道您在乎我，家里人都在乎我，也都爱我。"

可人类都太矛盾，就算是在乎的人，照顾久了也难免生出怨言，而他作为一个累赘活着，感受到的矛盾比所有人都深刻。

有时候秦路南也会疑惑，不清楚爸爸妈妈的忍让是心疼和爱更多一点，还是因为做好了他快死的准备、不和将死之人计较的心理占得更多。

他想弄清楚，为此试过许多次，但总无法分辨。

秦老爷子被他触动："你既然知道……"

"可你们早就放弃我了，在你要我妈去做试管，生下秦佑平和秦佑安这一对双胞胎的时候，你们就已经做好了放弃我的准备。"秦路南低着眼睛，语气平平，一点儿波澜都没有，"那么为什么还要管我做不做手术呢？"

如果成功，他或许能活久一点，要是失败，他就再睁不开眼睛。

帮别人做决定太容易了，劝一劝，把话说好听一点儿，给人一个期待就是，但对他而言不是这样。

他想，能够活到下星期，就不要因为一场赌博，在今夜把眼睛闭上。

秦路南抬头，直视秦老爷子："做不做手术是我的事情，不关您的事。"

秦老爷子被气得胸口发闷，差点儿又想骂人，但想到上一回秦路南脸色苍白倒在自己面前的景象，他到底还是忍住了。

向来雷厉风行的老人，在面对秦路南时却一点儿办法都没有。他年轻时忙于打拼，当年生下秦路南的爸爸时已经算老来得子，又过了许多年，好不容易盼到一个小孙子，即便是现在回忆，他也还记得当年抱上那个肉嘟嘟的婴儿时自己笑得有多开心。

如果可以，他当然希望这个孩子能健康平安，好好长大。

秦老爷子疲惫地靠在车座上："小南，你要相信我们，我们比谁都更希望你能活下去。"

秦路南闭着眼睛，并不答话，心想我没有不信，我毫不怀疑你们对我的在意程度。但就算我活不下去，你们也还有佑平和佑安，而我呢？我会变成一把灰，睡在地底，头上还得压一块很重的石头。

"不用有什么作为，只要你能好好活着，好好长大，这就够了。"

秦路南的面色闪过一丝讥诮，是啊，就算手术幸运结果不错，但在你们看来，我这副身体活着也只是个废人，什么都做不了，什么都做不成。

秦路南开口："爷爷，我不想回家吃饭，放我在这儿下车吧。"

秦老爷子无奈："小南……"

"爷爷。"

秦路南忽然感觉很累。他珍爱生命，不想吵架生气，但他好像总是不能完美控制住自己的情绪。他心里发堵，只想离开。

"我今天放学没和阿姨打招呼，那边租的房子应该已经做好菜了。家里离学校太远，我吃完也要回来，不然明天早上得起很早，睡眠不够我会不舒服。"

秦老爷子顿了顿，对司机说："把小南送回去。"

"不用了，我想自己走走。"

"小……"

"我不小了，爷爷，走几步路不会丢。"

也不可能因为走这几步，就死在路上。

最后，秦路南在车驶入跨海大桥之前下了车。

"小南，在学校要是有什么事情，记得给家里打电话。"

秦路南点点头："再见。"说完关上车门，头也不回地离开。

车里的秦老爷子望着孙子的背影，因为在车内回身不便，背影显得有些佝偻。

司机见状，叹气劝了几句，秦老爷子却不说话，半晌才摆摆手，道："走吧。"

2.

从这儿回学校不算太近，走路要一个半钟头。

秦路南走不快，如果不打车，走到校外租住的地方，他大概需要两个小时。

天色黑了下来，街边路灯接连亮起，秦路南抬眼，看那一盏盏光亮，每一处下边都围绕着一群飞虫。那些虫子也只有在光下才好看一点儿，要放在平时，早被人拍死了。

说是要早些回去住处，但谁都知道那是借口，阿姨做的菜清淡无味，没一样是他爱吃的。

从僻静的跨海大桥走到闹市，再走到处处摆着小摊的居民区，秦路南漫无目的地闲逛。

他很少来这样的居民区，到处都是烟火气，吵吵嚷嚷，但还怪吸引人的。最后，他停在一个烧烤摊前。

摊子上一桌一桌的人在吃肉喝酒，撸串撸得很香，香得秦路南都吞起口水。

然而，在摊主热情搭话时，秦路南还是摇摇头走开了。

他不能随便吃这些东西，他的所有饮食搭配都经过精心计算和调配，毕竟活命最重要。

秦路南自嘲地笑笑，他真是怕死啊，怕得不行。

他深呼吸一口，感觉有点儿饿了。

正想找家干净的粥铺垫垫肚子，秦路南突然看见一个熟悉的身影急匆匆跑进一栋破旧的居民楼。

他眨眨眼，怀疑自己是不是看错了。

这个时间闵华中学应该还没下晚自习，为什么林复苏会在这里？

秦路南摇摇头，慢悠悠又逛几步，走进一家粥铺。

"妈——"

接到温奶奶的电话，林复苏立刻请了假赶回来。

温奶奶并不是全天保姆，她在这儿每天只能照顾到做完晚饭，好在这儿离林复苏的学校不算太远，她每天下了晚自习赶回来，中间也不会让林妈妈一个人待太久。

在熟悉了这里的环境之后，林妈妈这段日子平静了许多，林复苏也好不容易才松口气。然而就在刚才，她接到温奶奶的电话，说林妈妈又犯病了。

"皎皎，我的皎皎……"

温奶奶已经离开，家中一片狼藉，桌面的东西全被扫在地上。女人哭得撕心裂肺，赤脚踩在碎瓷片和玻璃碴上也觉不出疼，只一个劲儿在家里翻找着什么。

"妈。"林复苏一阵无力。

女人一惊之后猛扑过来拽住她的胳膊："苏苏，苏苏你看见皎皎了吗？"

过长的指甲掐进了林复苏的肉里。

"妈，先坐到沙发上去好吗？您踩到瓷片了……"

"沙发？"女人无神回望，手上掐得更用力了，"不在那里！皎皎不在沙发上！"

林复苏放轻了语气，生怕哪一句话又刺激到她："妈，您听我说。"

她慢慢地扶着女人走到沙发边坐下，接着抽过两张纸巾，小心地将嵌在女人肉里的细小瓷片拔出来。女人倒吸一口冷气，猛地踢了她一脚。

林复苏没有防备，往后一摔，手掌撑在玻璃碴上。

她微微低着头，半张脸都被笼罩在阴影里，神色晦暗不明。

"皎皎，皎皎呢？"女人踹完人怔了一会儿，似乎不知道自己方才做了什么，她意识恍惚，又要下地，却被人抓住了手臂。

"妈。"

刚才发生的一切都消失在女人的记忆里，女人又开始另一种疯法。

她焦急探向门口："苏苏，皎皎是不是出去了？她是不是到外边去了？"

林复苏张了张嘴，最终也没说出一个字。

"苏苏，快出去找找你姐姐。天色黑了，皎皎怕黑，说不定她迷路了正躲在哪儿哭呢。"女人看似清醒，不一会儿又开始皱眉，"我的脚怎么这么疼？嘶，这地上怎么这么乱？"

"刚才刮风了，很大的风，把桌子上的东西全吹了下来。"林复苏的表情有些麻木，"您刚才不小心踩到了碎片，我正要拿碘酒给您处理。"

"原来是这样，瞧我这记性。"林妈妈笑着说，她的脸上还挂着眼泪，笑也不真切，"苏苏，妈妈自己可以处理，你快出去找找你姐姐，快去，妈妈在家等你。"

"好。"

林复苏拿出小药箱递给女人，又背上书包："那我先出去了，如果我回来得晚，妈您就先睡吧。"

女人温顺地点点头，眉目之间全是恬静的模样："快去吧。"

当铁门在身后关上的那一刻，林复苏颤抖着手拿出钥匙将门反锁。之后，她慢慢下楼，每迈一步都觉得这双腿沉得厉害。

这栋楼的隔音不好，她能清楚听见楼下小女孩对着妈妈撒娇要玩具的声音，也能听到那扇门里的爸爸妈妈是怎样温柔哄着任性说"就要"的小女孩。

过了会儿，楼道里的声控灯熄灭。黑暗里，林复苏缓缓抬手，清理掉了扎在掌心的碎玻璃，然后如小兽一样，在伤口处舔了几下。

这时，一个快递员上来，他的手里提着一个蛋糕，停在楼下敲门。

那是一个很漂亮的蛋糕，林复苏透过透明的盒子能看见里边亮着的小串灯和蛋糕上立着的带着翅膀的小娃娃。

说出来也许会被人嘲笑，也许很幼稚，但她真的好羡慕。

看着开门接蛋糕的母女，林复苏侧身上了几步楼梯，耳边是小女孩惊喜的笑声，身上洒落着楼道里明黄色的灯光。

她距离所谓快乐，好像只几步而已，可惜那些正面情绪都是别人家的，她靠得再近，也不过就能在楼梯间听听。

听听别人家是怎样温馨，怎样上演着她最渴望的剧情。

手心的伤口被扯得一阵阵发疼，林复苏捂住脸，在染血的掌心里，叹息之外流露出很轻很轻的一声哽咽，轻得就像被风吹过的湖面。

虽有涟漪，但很快便平静，没人会注意到它波动的一瞬间。

3.

望向拐角处，蹲在路灯下写作业的人，秦路南停住了脚步。

还真是林复苏，真没看错。

秦路南往先前林复苏跑进的那栋楼一望，心说刚刚林复苏不是回家了吗？怎么，和爸妈吵架被赶出来了？

这么一想，他还有点儿幸灾乐祸。

林复苏的家庭是什么样子呢？应该很幸福吧？秦路南忍不住想，听说只有在幸福和爱里长大，才能养出这样强大和自信的孩子，他们知道怎样与人相处才是正确的，知道怎么表达感情，从来不用怀疑、不用小心试探，所以能那么受欢迎。

不像他，连讨厌那一对来取代他的双胞胎弟弟都要被人说闲话。秦路南撇撇嘴。

说起来他一个人租房子早就住习惯了，但今晚在夜市里被热闹一沾，再对比一下自己冷清的独居住所，他立马就有了偏向，不愿意这么快回去。左右不想走，干脆多看会儿。

那边林复苏写作业写得很是专心，即便是在叫卖声不断的街角也恍若无人，根本没有发现不远处有这么一个人盯着自己。

这样一个大活人，蹲这儿半天不动，简直就是蚊子们的"自助餐"。

林复苏挠挠胳膊又挠挠脸，被咬了一身包。

正挠着呢，她接到一个电话。

"喂？"

"怎么样，怎么样，在闵华怎么样？重点高中是不是特别酷？那儿食堂好吃吗？我和你说，我们这儿的食堂绝了，什么搭配组合都有，青椒炒油条听过吗？我和你说，那味道……我真是差点儿当场给大家伙表演一个吃完午餐原地去世！"

林复苏只出了个声儿，电话那头的人已经说了三千字还不带喘气。

"所以说，你在闵华怎么样啊？"

离题八百里还能绕回来？够厉害的。

林复苏失笑："还行。"

"不是吧，就这么敷衍我？"范姜夸张着吼了一声，"还有没有爱了？"

这是林复苏从小到大唯一的朋友，也是在她被流言诋毁时唯一站在她身边的人。林复苏现在的心情很糟，如果是其他人的电话，她一般会当没听见或者干脆拒接，但范姜这个朋友她实在重视，所以哪怕烦闷也强打起精神陪对方侃大山。

"对了，我听说你们学校有个小霸王。"范姜一拍脑袋，"都说他家里有钱，背景厉害，这世上就没他不敢惹的人！关键是那家伙脾气差得吓人，你可小心点儿，遇到那样的人一定记得绕着走……"

说着，范姜念了一堆从同学那儿听到的奇葩事，他绘声绘色，生怕传递不出精髓，听得电话这头的林复苏都险些要相信了。

一口气讲完了自己听到的所有传闻，范姜还意犹未尽："咋的，是不是很恐怖，是不是被吓着了？"

林复苏的眼前浮现出一张脸，她愣了愣，轻轻笑开。

这个街角没几个人，林复苏一边打电话，一边还拿着笔在书上写写画画，手机就搁在腿上开着免提，没看见不远处的秦路南面沉如水。路灯自上而下在秦路南的面上打下光影，阴影中他的眉眼都仿佛带上杀气……

"我大概知道你说的是谁了。"林复苏手上没停，"不过我觉得他不是那样的人。"

路边的秦路南表情微僵，有一种微妙的不自在，但并不归在负面情绪里。

——说得好像我们很熟似的。

秦路南抿了抿嘴，心想，明明我对你也不怎么样，我心里又不是没数……

这边的秦路南心头纠结，那边不知死活的人还在劝："哎哟，我也听说了那小子长得极具欺骗性，你别是给人家外表骗了？漂亮的蘑菇都是有毒的，越漂亮的越有毒你知不知道？"

林复苏："哦？"

秦路南一边想着我才不在意呢，一边竖起耳朵，等着林复苏继续反驳。

却不料林复苏略作沉吟之后竟然煞有介事地点点头。

"倒也不错，好了，我会注意的。"

其实是句玩笑话，偏偏听在秦路南耳朵里发刺，他气得满脸通红！

秦路南咬着牙转身就走。

不久之后，林复苏打了几个喷嚏。

"怎么，着凉了？"范姜这么问。

林复苏揉揉鼻子："也许吧。"

但这天儿这么热，她在楼下也不过就蹲了不长不短的一段时间，怎么就着凉了呢？

林复苏摸不着头脑。

她怎么也想不到，秦路南因为她这一通电话骂骂咧咧了一晚上，直到入睡才消停下来。

第四章
女生的世界真是难懂

你想打我就打我，找什么借口讲这种过时的冷笑话？什么叫我知道的太多了？我刚才明明什么都还没来得及说啊！

Zao zao chun

1.

体育课上，秦路南抱着手臂靠在树边，有一搭没一搭地和令狐齐飞聊着天。说是聊天，但大多都是令狐齐飞在说，秦路南不过间歇性应几声，眼睛一直盯着球场上的人。

令狐齐飞见状，不过脑子地问："南哥，你还喜欢篮球吗？"

这句话一出口，他就知道坏了事儿。

秦路南的心脏病是娘胎里带出来的，但并非一出生就被发现。他小时候也是个活蹦乱跳的孩子，手长腿长，刚上小学就能转球，二年级就敢夸口说自己就是这个时代新的篮球巨星，他又会说又能打，是一群孩子里的老大哥，虽然比起高年级的大孩子还有不足，但相比同龄人那可就强太多了。

可惜好景不长，没过两年，他就在一次课间的"篮球赛"上晕倒，并且莫名请了小半学期的假。当时的他们都还小，并不知道这意味着什么，令狐齐飞只记得，当九岁的秦路南再回到学校，他忽然就像变了一个人，不再打球，不再和他们玩闹，甚至连笑都变少了。

或许吧，秦路南经过半年的治疗回到学校，而以前那个动不动就举着篮球说自己是下一个球场巨星的小男孩，却永远被留在了那个球场上，摔倒之后，再未起来。

"那个，南哥。"令狐齐飞试图补救，"其实……"

秦路南瞥他一眼，有些好笑："想什么呢？"

令狐齐飞一蒙："啊？"

"你哥我是那么脆弱的人吗？不过是篮球而已，有什么好稀罕的。"

这个世界上有意思的事情那么多，没了这一件，还能找到下一件。没了篮球还有游戏，没了游戏还能学习，真实世界里哪有那么多极端的喜恶，迫于现实选择服从的人不计其数，也没看见谁放弃了什么就不能活。

令狐齐飞小心又仔细地观察了秦路南好一阵子。

秦路南一脸平静，半点儿波动都没有，好像是真的没有放在心上。可令狐齐飞还是不放心，他很早就知道秦路南和自己不一样，和所有周围的同龄人都不一样。

如果秦路南想掩饰一件事情，你是看不出也找不到破绽的。秦路南是那种只要他想，就能做出完美伪装、骗过所有人的人。

然而知道归知道，另起一篇确实是破解尴尬的最好方法。

"南哥，你看这棵树真有意思。"令狐齐飞绞尽脑汁找话题，"这叶子——哈哈哈——长得和被人剪过似的，边儿居然这么碎！"

"羽毛枫。"秦路南面色淡淡，"它的叶子就这样，长得像羽毛。"

令狐齐飞咂舌："'你俩'认识啊？"

秦路南一脸无语，几乎不想再搭理他。

正在说话间，秦路南听见不远处传来一阵欢呼声。

"绝了！"

又是林复苏，她还真能出风头！秦路南眯着眼睛，忽地想起那个街角下的夜晚，林复苏和别人打电话编派自己。

她很开心吧？即便什么都不说，也有人来关照她，听两句传言就要打个电话提醒她别被自己这个小霸王欺负……现在笑得真是得意，下次考试掉到第二别哭出来就行。

"南哥，你脸色怎么忽然这么差？"令狐齐飞问。

"差吗？"秦路南浑身都冒着冷气，偏生毫无自觉，"我怎么不觉得。"

令狐齐飞也不敢反驳："那可能是我看错了？"

"嗯。"

最近秋老虎，天气闷得很，在外边站一会儿就能把人憋出一身汗。令狐齐飞扯着衣服扇了扇："南哥你渴吗？我去买根冰棍儿，要不要给你带瓶水？"

"不用。"

"那行，我先溜一步。要是老师吹哨，南哥你记得帮我打个掩护，说我'撇条'去了就行！"

令狐齐飞说完，见老师没注意，拔腿就往小卖部跑。

066

秦路南看得好笑。

他一年四季身上都是冰的，很是耐热，但有时候课间看见大家啃雪糕冰棒，他也会很想吃，总感觉夏天就应该吃点儿冰冰凉的东西。可惜这个胃被常年的调理养得精贵得不行，他就算买了雪糕也吃不了几口，稍微吃多一点儿就会胃痛。

这么想想，他肚子里这些"东西"还真没一个是省心的。

站了这么久也有点儿累，秦路南走到旁边台阶上想着坐会儿。

秦路南所在的地方与球场隔了一片不疏不密的羽毛枫，耳边大家的欢呼叫嚷声并未减弱，透过枝叶间隙，他回头时还能看见那边打篮球的男生们奔跑时的身影。明明是这样近的距离，但一排红叶相接，连成一线，将不大的一片区域分隔两半。

一边是快乐的一群人，一边是秦路南一个人。

他收回目光，低下头看手。

秦路南的手十分细白，因为身体的原因，那双手也显得瘦弱无力，不像同龄男生一样骨节分明，反而有点儿像女生的手，纤弱修长，右手中指前端有一点写字磨出来的茧子。他抓握两下，又虚虚做了个传球的动作，末了一嗤，像是自嘲。

还真是不中用，想着，秦路南把手揣进了口袋里。

那边林复苏打完一场有些累了，她便借着休息的理由退下换人。

走到不远处放了一堆衣服的地方，林复苏拿起自己的水瓶灌了

067

两口，沁凉的水一下就从喉咙凉到了胃里。

打了个小小的水嗝，风吹树叶动，林复苏的脸忽然被晃晃的叶子挠了两下。

她伸手拨开退后两步，看见指尖触摸到略微枯萎的叶子有些愣神。

还记得很久很久以前，在她还很小的时候，妈妈也很喜欢摆弄花草。那个时候姐姐还在，爸爸也没有离开，妈妈总是温和地笑着，每天她在外边疯玩回来，进了自家小院就能看见拿着洒水壶给院子里的花花草草浇水的妈妈。

当时的林复苏并不沉稳，但妈妈很喜欢抓着她和林复皎一起说些花草习性。

现在想想，那真是一段好日子。

早知道就好好听，不走神，她不该那么没耐心的。

林复苏出了神，下意识地要折掉手中的枯叶。

"你在做什么？"

忽然，从树后边走出来一个漂亮少年。

秦路南抱着手臂："怎么，球场上还不够你闹腾的？打完了还要过来残害植物？"

很奇怪，秦路南好像总是喜欢挑衅她，而更奇怪的是，即便不断受到挑衅，林复苏也无法讨厌他。直觉是一种很奇妙的东西，说不清道不明，无根无由，偏偏能左右人的想法和感情。

就像现在，哪怕秦路南一副找碴儿的模样，林复苏看着也还是想笑，并不觉得有多吓人，反而想起炸毛的小猫。

林复苏好脾气地解释："这叶子枯了，你看。"她摊开手，展示手心里的枯黄树叶，"只有及时清除掉这些枯叶，健康的新叶子才能好好长出来。"

却不料这句话毕，秦路南的脸色一下子阴沉下来。

也不知道是哪句话刺痛了秦路南，他原本只是冷傲，听完林复苏的解释后，眼底霎时带上了攻击性。

随着一团无名火噌地蹿上头，秦路南身边的温度猛地下降好几度。

"就算它坏了，枯了，那又怎么样？在你摘掉之前，它不还是稳稳长在树上？"秦路南的语气几乎可以称得上咄咄逼人，"如果最后它真的有问题，那么它自己会掉落。也该它自己来掉落。"

秦路南打掉林复苏手中的落叶，一字一顿："而不是被人掐断。"

秦路南的敌意几乎要喷薄而出，就连林复苏都被他这突如其来的变化弄得脑子一蒙。

他是怎么了？

2.

关于"秦路南到底怎么了"的这个问题，林复苏纠结了一天也没弄清楚。

她只记得当时秦路南忽然脸色煞白，好像猛然承受不住了什么东西似的小退一步，重重喘了口气。

　　林复苏原本很是莫名，也被那一阵浓烈敌意弄得有些恼，但看见秦路南这副模样，联想起先前他虚弱晕倒的样子，又不由得生出几分担心。

　　情绪反复中，林复苏也觉得无奈，她这是欠了秦路南什么吗？想生个气都要被打断。

　　"你还好吧？"

　　秦路南并不领情，眼底有一丝不易察觉的狼狈："不关你事！"

　　林复苏也不介意："我看你刚才好像……不太舒服？"她斟酌着言语，生怕哪句话又刺激到他。

　　秦路南冷笑："我不舒服的时候多了去了，怎么，现在不摘叶子了，坏了就折断，一了百了等新的呗？"

　　这句话像是一时冲动，刚刚说完，秦路南就不自然起来，仿佛也为自己的无理取闹尴尬。他轻咳一声想要掩饰，咳完又烦躁起来，心说又没别人我掩饰个什么劲儿？于是，他一把挥开林复苏，动作幅度之大叫林复苏看得心惊，生怕他下一秒就站不稳要摔倒。

　　"当心！"

　　林复苏一把拉住秦路南的手将人扶稳了，恰好这时班里几个女生溜小路想去买饮料，她们刚跑出来，就撞见了这一幕。

　　说起来也没什么好奇怪的，不过是扶一把差点儿摔倒的同学而已，但一个女生停步往林复苏与秦路南的方向看了一眼，还是不自觉发出"咦"的一声。

"看什么呢？还不快走，再不去买饮料，等响铃就来不及了！"

"啊，好！"

女生来不及多想，收回目光，匆匆跟着小姐妹跑远了。

先前惹毛的地方还没顺回来，这一遭又把秦路南气到一回。

"你干什么？"

林复苏一愣，先是惊讶秦路南怎么会这么大的反应，很快又反应过来，他似乎并不愿意被当成弱者对待。

于是，林复苏笑笑，好脾气地解释："我看你差点儿要摔了，扶你一把。"

"我要你扶了？"

林复苏一脸莫名，又气又想笑。

换了另一个人，她一定会毫不留情说对方"狗咬吕洞宾"，但秦路南看上去实在太过于纤弱易碎，怎么看怎么不适合被粗暴对待，好像在秦路南面前连说脏话都不合衬。

"可我扶都扶了呀。"

说完，两人面面相觑。

林复苏在等秦路南回话。秦路南本来想借题发挥和人吵架，却是一拳头打在了棉花上，这会儿满肚子火发泄不出来，硬生生憋得连着脖子带耳朵一起红了起来。本来还可以说是同学之间互帮互助，看见一个人摔了，另一个搀一把，没什么。

但秦路南就是觉得不得劲儿，不仅没有被帮助的感谢，反而有些想揍人。可惜不占理，否则，他的拳头怕是已经挥出去了。

那之后的几天，秦路南都没有再和林复苏说一句话，找碴儿都没了心情。

中途也只有令狐齐飞这个不会看人脸色的，笑着搭上秦路南的肩膀："南哥，那个林复苏又得罪你了？"

秦路南不想说话。

令狐齐飞又问道："她怎么得罪你了？我好像没看见你们俩说话啊？"

秦路南不想理他。

令狐齐飞神秘兮兮凑过来："我知道了，是不是……"

秦路南一拳头捣在令狐齐飞的肚子上。

令狐齐飞捂住腹部满脸错愕："南哥？"

秦路南露出一个绝美的笑容，他眉眼弯弯，微微俯身的动作堪称温柔。

但这一切看在令狐齐飞的眼里只觉得恐怖。

秦路南抚了抚他的衣领："你知道得太多了。"

教室里，被那拳头捶得半蹲半坐在地上的令狐齐飞一时语塞——

你想打我就打我，找什么借口讲这种过时的冷笑话？什么叫我知道得太多了？我刚才明明什么都还没来得及说啊！

"你没事吧？"一道女声响起。

跌坐着挡在过道中间，令狐齐飞保持着半蹲的姿势抬头。

季思雯轻咳一声："那个，要我扶你吗？"

秦路南脸也不转："还不起来？"

"啊，挡着你了？"令狐齐飞连忙起身，"对不起。"

季思雯弯着眼睛笑："没有的。"说完，她便微微低头往前走去，马尾随着她走路时轻轻摆动，留下好闻的洗发水味道。

令狐齐飞没出息地出了会儿神："女孩子都这么香的吗？"

秦路南眼神复杂地瞥令狐齐飞一眼："确定不是因为你太不爱卫生？"说着，他故作嫌弃地在鼻子前边扇了一下，"几天没洗澡了？"

"我……"

令狐齐飞正要反驳，却不防上课铃声响起，他吃了个瘪，夹着尾巴回到了座位上。

这节是班主任黄老师的课，他满脸带笑，腋窝下边夹着一沓纸就走了进来。

"同学们，今天咱们公布前段时间年级里摸底考的排名！"

班级里出现小小的呼声。

"怎么样，大家期不期待？"黄老师拿着成绩单抖了抖，"想从第几名揭起？"

班里有喜欢看热闹的："老师先看看最后一名！"

有了带头起哄的，气氛很快被炒起来。

林复苏一边觉得好笑，一边不自觉地偏头看一眼秦路南。

巧的是，对方也在看她。

大概是没料到林复苏会突然转头，秦路南一愣，很快瞪了回来。虽然他的情绪转变很快，但林复苏还是捕捉到了秦路南先前那自得和看好戏的眼神。

就这么确定能考过她吗？

原本没什么想法，现在却斗志昂扬起来，林复苏被激出好胜心，端坐着等黄老师宣布第一名的成绩。

大家闹了好一阵，终于等到了前三名。

"这回咱们班的前三名只有两位同学，大家猜是怎么着呢？对了，因为我们有两个同学考得可是一分不差，并列年级第一！"

黄老师也不卖关子，或许在他看来，第一名的关子也没什么好卖的。

"大家掌声送给我们的林复苏和秦路南同学！"

虽说对自己的成绩有信心，但在听见这句话后，林复苏还是悄悄松了口气。

反观秦路南，脸色差得厉害。他抱着手臂坐在座位上，眼睫微垂，薄唇紧抿，怎么看怎么不甘心。

令狐齐飞鼓完掌注意到秦路南这么个脸色就知道要糟。

这……这妥妥的是要黑化啊！

林复苏倒不这么觉得。

怎么，信心满满能考过我，宣布下来却和我同分，这么不情愿？林复苏歪歪头。秦路南注意到她的目光，瞥了一眼之后就把脸侧开。林复苏轻笑，心说这人气性真大，遇到点儿什么小事都能气起来。

在生气之外，好像还有点儿委屈。

林复苏收回视线，笑着摇摇头。她去领试卷："谢谢老师。"转身就看见站在身后一脸阴沉的秦路南。

林复苏心脏一紧，脱口而出："你走路怎么没声音的？"

而且还站得离她这么近，要不是她反应快停住了脚步，差点儿就撞上去了。

"还要多大的声音？要我在你背后跳个踢踏舞才满意？"

秦路南接过试卷，不情不愿地和黄老师道谢，道完之后转身就回了自己的座位。

黄老师也不计较，笑了笑宣布剩下的名次。

倒是前排的蒋梦甜一脸激动地扯着季思雯的袖子小小声说了句什么话。

秦路南从她们身边走过，听倒是听清楚了，只是有些不大明白。

什么叫"相爱相杀"？

他想了想，没弄明白，便不再多想。

只是……

女生的世界还真奇怪。

3.

入秋之后常有阵雨，来得突然去得也快。

戴着眼镜的齐刘海男生抱着头在雨中飞奔，一路从食堂跑到图书馆。好在这段路不远，他也没淋湿多少，在门口拿纸巾擦了擦头上的水，这才走进馆内。

男生很熟悉地绕过去一个座位。

"南哥，你又是年级第一，真厉害！"

秦路南眼也不抬："并列的。"

令狐齐飞朝男生使眼色，意思是别提这个了，秦路南心情不好。

小个子男生心思机灵，他顷刻了悟，转了转眼珠："南哥，这人心里要有什么事儿千万不能憋着，你说这哪个人没弱点啊？要真是看不惯谁……"

"谢小冬，有什么话直说就行，别老拐弯抹角的。"秦路南翻过一页书。

"哎！"谢小冬一脸狗腿，"是这么回事，我有一发小儿和林复苏是一个镇上的，前几天我们聊天，听他说起林复苏这个人好像不大简单。"

秦路南皱眉，终于将注意从书上移开："不简单？"他顿了顿，"怎么个不简单法儿？"

　　"当时不是在家嘛，正说到那儿，我妈进来催我看书，就没往下聊了。如果南哥你觉得可行，不然我去和我那发小儿打听打听，看看她有没有什么弱点之类的。"

　　秦路南虽说将林复苏当作假想敌，倒也并不热衷这种阴沟里的事情。他想整谁、看不惯谁，从来都是直来直去，一是不喜欢，二来也犯不上为了整个人做自己都看不惯的事情。

　　更何况秦路南有资本，用不着背地里阴人。

　　这下子却好奇起来。

　　自入学到现在，林复苏整个人看上去无懈可击，从为人处世到学习成绩，再到运动和性格，她好像哪哪儿都好，完美得不真实。即便秦路南因为些莫名其妙的事情对林复苏有些敌意，也不得不承认，林复苏真是个挺招人待见的人。

　　这样的人，他真的很难想象会有什么不简单的地方。

　　秦路南想了想："那你去问问。"

　　"得令！"谢小冬比了个敬礼的手势。

　　令狐齐飞在谢小冬肩上捶了一下："看你这衣服湿得，别等会儿感冒了，快回寝室换了吧！"

　　他手劲大，又不知道轻重，谢小冬被捶得往后退了两步，眼底一抹不快被眼镜反光遮住，转瞬即逝，开口时却是带着笑的声音：

"好嘞，飞机哥，那我先回寝室换衣服去了。"

令狐齐飞傻呵呵又想捶过去一下，然而正巧谢小冬一个转身，把这一下躲了过去。和先前跑进来的时候一样，他又快步跑了出去。

令狐齐飞嘀咕："这小子，个子不大，跑得还挺快。"

令狐齐飞坐回秦路南身边："南哥，你真要整林复苏？"

"谈不上。"秦路南将看完的书推到一侧，另拿了一本，"就是不喜欢她。"

不喜欢林复苏跑来跑去不知疲倦，不喜欢林复苏自信耀眼身边总围着一群人，更不喜欢林复苏理直气壮地说叶子枯了就该折断。

"是吗？我还以为南哥你挺欣赏她的。"令狐齐飞挠挠头。

秦路南一时语塞。

许久，他才见鬼似的转过头："你从哪儿看出来的？"

令狐齐飞蒙了会儿："不是吗？哦哦，我可能看错了。南哥你也知道我这个人没什么脑子，很多时候看东西都看得不太明白。"他憨笑着解释，"我记得南哥你以前不是有挺多看不惯的人嘛，你看他们时候的眼神和看林复苏的眼神，我寻思着好像不太一样。"

秦路南冷笑："那只能说明比起他们，我更讨厌林复苏。"

到底是打小一起长大的，见到秦路南这个表情，令狐齐飞就明白了，要再朝着这个方向说下去，不是秦路南爹毛骂他一顿把他掐死，就是秦路南懒得再开口把他掐死。

于是不再反驳，令狐齐飞附和道："没错，就是这样。嘿嘿，我眼拙。"

闻言，秦路南倒是郁闷起来。

他莫名地想起林复苏，怎么回事？一个两个摆出这么一副面孔，光是听声音都知道口不对心，有什么不能说出来大家吵一架的？

如果每个人都这样和他说话，那他早晚憋死。

这笔账，秦路南又算在了林复苏头上，他深吸口气望向窗外——把我憋死了你好当第一是吧？门都没有！

窗外的雨势渐小，林复苏捧着饭盒打着伞从食堂往教室走。

路过图书馆时，她感觉到一道目光，顺着望过去，却只看见秦路南认真看书的侧脸。窗户那边的人专心致志，好似根本感觉不到周围人的存在，全部的注意力都放在书本上。

还真是够努力的。

不过我也不输你。

林复苏笑笑，并未多做停留便朝着教室走去。

在她离开之后，秦路南再度抬头望向窗外。

隔着雨幕和稀稀拉拉走在路上的人和伞，没有人知道他在看什么。

或许是雨天使人烦闷，当晚，林复苏又梦到那片走不出的长夜。

一样的天台，一样的白毛衣女孩。

星空很美，天台很高，站在栏杆边上，好像伸伸手、踮踮脚就能摘到星星。女孩笑意明媚，一双黑亮的眼睛弯弯，扶着栏杆就要去摘天上最亮的那一颗。

而林复苏被一双无形的手推到她的身后，如同一只提线木偶，她满心惊恐却无能为力，只能眼睁睁地看着自己将手抬起，平移，停在女孩身后。

接着，她就这么一推——

惊叫声响彻云霄，女孩再一次坠入黑暗。

第五章
天降小猫咪

分明是这样一个单薄漂亮的善良男生，为什么大家都将他当成不好惹的小霸王？

1.

次日，秦路南几乎忘记前一天让谢小冬去找林复苏弱点的事情。对他而言，那不过是一时兴起，没想到谢小冬当了真，并且还真的因此打探出了一些可怕的东西。

课间走廊，秦路南半靠在栏杆上，一脸闲适。起初他在看树梢上的麻雀，那排的麻雀都是小小一只，但每只都圆滚滚的，他兴致来了，努着嘴逗小鸟儿，便没怎么认真听谢小冬说话。

只是随着谢小冬的讲述，秦路南的面色渐沉，缓缓转过身来："你从哪里打听来的？"

谢小冬连忙道："就从我发小那儿啊！说巧不巧，我发小初中和林复苏是一个班的，他们学校的人，不，他们那一块儿都知道！"

令狐齐飞也连连咂舌："这……不会吧……是不是有什么误会？"

谢小冬描述出的林复苏和他们所知道的林复苏完完全全是两个人。

"能有什么误会？"谢小冬压低了声音，"南哥，飞机哥，这个林复苏可不是普通人。你们想啊，小小年纪就敢杀人，心态还这么好，得多会装啊……"

据谢小冬所说，林复苏本来有一个双胞胎姐姐，因为家里更偏宠姐姐的缘故，在某一天，林复苏找机会把姐姐推下了天台，姐姐摔断了颈椎，当场死亡。后来警车来到现场，警察做了许多调查，虽然没有找到证据，但大家都说肯定是她推的。

当时的家里，只有她们姐妹俩在一起，林复苏的妈妈还没下夜班，爸爸也在出差。并且在那天之前，很多人看到这对姐妹争吵，吵得很凶，还发生了推搡，要不是一个阿姨过去劝，指不定林复苏当场就要做出些什么事情来。

后来林妈妈因为这件事情受了刺激，神志变得不太清醒，失去了自控和赚钱的能力，林爸爸忍了一阵，但没多久也离家出走了。

这件事在他们原来的学校无人不知，大家都因此躲着林复苏，毕竟是嫌疑犯啊，就算她成绩再好，但谁敢去接近呢？

小镇就那么大，有点儿事情立马就能传开，不说每个人都晓得，至少大部分都听过。

也是因为这样，她才跨区到了闵华来读高中。

秦路南眉头紧锁，一面听着谢小冬言辞凿凿，一面往教室里看。

那边正巧蒋梦甜摸底考试没考好，在向林复苏请教问题。

现在是第二节下课的大课间，休息时间有小半小时，如果没记错，蒋梦甜从下课就去找林复苏了，一直问到现在。而林复苏始终笑意温和，耐心仔细地在纸上写写画画，似乎是想要将题目讲得更明白一些。

"南哥，南哥？"谢小冬见秦路南走神，伸出手在他面前晃晃。

秦路南眨眨眼，将目光收回来。

谢小冬的眼珠子滴溜溜地转："南哥你说这事儿……"

"这件事不要说出去。"秦路南正色道，"就当不知道。"他环臂仰头，转身又去望那树枝上站成一排的小麻雀。

说是看小鸟，但这会儿秦路南明显没了心情。好在谢小冬知道察言观色，这下见秦路南的脸色，什么也不说，只一个劲儿附和："也是，这种事情也没根据，说出去人家还以为我们在编派。"

秦路南眉头轻皱。

在令狐齐飞之外，谢小冬算是难得一个与他走得比较近的同学，但他总是无法喜欢并亲近起这个人。他不介意留在自己身边的人有所图，世界上不求回报的真心太少，大多数人的人际交往都是有所图。可谢小冬的言行在许多时候都让他不舒服。

秦路南也不愿多说："管住自己的嘴就好。"

这时，上课铃声响起，秦路南也不看谢小冬，径直走回教室。

谢小冬的教室在下一层楼的顶头位置，离这儿不近，铃声一响，他飞快往下跑。有风在他奔跑时掀开他的刘海，没了齐刘海的遮掩，那双眉目便完完全全露出来，不似平时表现出来的温顺乖软，反倒带着不符合这个年纪难得的冷硬，甚至在此之外，还稍带戾气。

单看面相，是个会和人硬拼的狠茬儿，很难相信这样的狠茬儿愿意伏低做小当人跟班。

在之后的那节课上，秦路南少见地频频走神，而每一次在收回意识的时候，他都发现自己的目光定在林复苏身上。

秦路南有些心烦，可他说不清自己在烦什么，只能一下一下在桌上按着圆珠笔，打开关上，打开关上，圆珠笔"啪嗒"的声音伴着地理刘老师讲试卷的声音，像有节奏似的。

那一头令狐齐飞皱着眉。

他最害怕的就是刘老师，倒不是因为对方凶，也不是因为自己地理差，相反，他地理贼强，单科排名前三。

就是刘老师会有一个习惯，喜欢把一切事情夸大，尤其是对待平时比较优秀的同学，如果那位同学在某次作业或者考试里错了个什么不该错的基础题，他就会在课堂上点出来，比如……

"接下来我们就讲讲令狐齐飞同学错了的这道气象题。"

公开处刑！

令狐齐飞趴在桌上用试卷蒙着脑袋。

刘老师叭叭叭讲完，瞥一眼讲台下边，说："这是没脸见人了？错都错了还不认真听！"

令狐齐飞苦着脸从试卷下钻出来："老师，那道题我会做，我就是没审清题。"

"错了就是错了，哪儿有那么多理由，你当这是在家吃饭挑食呢？你妈问你为什么不吃，你说不吃就不吃？"刘老师在黑板上敲得啪啪作响，"如果这是高考呢？3分的差距你知道中间能刷下去多少人吗？指不定就因为这个，你就和你想上的大学失之交臂！"

刘老师一脸恨铁不成钢："但凡你听了我讲话，也不会沦落到这种地步！"

不是，这话说得，他到底是到了哪种地步啊？

令狐齐飞咂舌："老师，我只是错了一道选择题。"

刘老师："你这是错了一道选择题吗？你这是把我的心血摁在地上给你们班主任擦地板洗鞋底！"

令狐齐飞瞪大了眼睛百口莫辩，而周围的同学们已经笑成一片欢乐的海洋，尤其是徐晨伟，一边笑还一边起哄。

但很快，徐晨伟就因为笑得太开心被刘老师盯上了，并且因为他的地理单科在班上排名倒数而遭到了更冷酷的言语攻击。

"徐晨伟，你笑得很开心啊！怎么，低头看看自己的分数还笑得出来吗？"刘老师冷冷瞪他一眼，"你干脆别念书了，哪怕出去种地……算了，以你的知识储备在北极种椰子也不是做不出来。"

没一会儿，徐晨伟就蔫哒哒地垂下了头，生怕再被波及。

令狐齐飞见状埋着头在试卷后面笑，还嚣张地回头冲人比了个中指。而徐晨伟气是有气到，却碍于刘老师的毒舌不敢再出头，只能强行咽下这口气。

幼不幼稚?

秦路南一脸嫌弃地将两人的互动收入眼底。

这才是相爱相杀吧?

脑子里忽然闪过从班上女孩子那儿听来的新词儿,秦路南一顿,不自觉又望向林复苏。这回凑巧林复苏回头,他们两个对视一眼,同时一愣,又同时转开了脸。

秦路南握拳放在唇边轻咳,林复苏用手撑着脸在头上轻挠几下。

不过是一个不经意的对视,除此之外什么都没发生,他们却下意识地做着小动作想要掩饰什么。

真叫人看不懂。

2.

明天就是周末,闵华中学一个星期只休一天,高压的课程让孩子们疲累不堪,每个人都无比期待放假,这种期待从下午的第二节课就开始了。

黄老师拿着书在台上边走边讲,停在哪儿就顺手敲了一下那个同学的头。

"知道你们都在想着出去玩,但给我个面子收收心,好好听课。"

虽然敲得不重也不疼,令狐齐飞摸摸被敲到的地方,心说,怎么又是我?

"好了,我们继续讲这个定语后置。"

敲完，黄老师走回讲台。

时间过得很快，当放学的下课铃响起，隔壁班已经有提前收好书包的男生冲出教室了。

一班也有走得快的，尤其是平时酷爱打球的男孩子们，他们围在林复苏身边叽叽喳喳讨论着前一阵子的篮球赛。

秦路南不动声色地听了一耳朵，目露鄙夷。

这种小儿科的技术，如果他还能打，一定比那个所谓高手发挥得更好。

然而刚刚听完这块儿，他的注意力又很快被前边的女生吸引。

"什么？真的吗？小猫好可怜啊……"

什么小猫？

秦路南收拾书桌的动作顿了顿。

"对呀对呀！真的超可怜，每一只都那么小，我们昨天中午去那儿吃饭的时候，看见老板只在里边放了点儿剩饭和水，连猫砂盆都没有。"蒋梦甜嘟嘟囔囔，"说是捡来的，野猫命贱，养不死。"

边上的女生听得直皱眉："怎么这样！"

季思雯也弱弱表示不满："那个老板明显不会养猫，真论起来也是出于好心，怕小猫在外边饿死，但他这种养法，指不定小猫们在外边的生路还多一些。"

"就是！"蒋梦甜一脸愤慨，"不会养还不让说，不耐烦……这种愚蠢的好心千万少一点儿吧！"

季思雯拉拉蒋梦甜的衣袖安抚："算了。"

"什么算了！"蒋梦甜不满道，"再这么下去，那些小猫肯定要被养死！"说完，她又反悔，"不，小猫福大命大，我瞎说的，我瞎说的！"

因为放学有兼职而拒绝男生们组队打球的林复苏起身，一回头就看见静止不动的秦路南——他表情认真，侧耳听女生们说小猫的事情，还为此听得一脸严肃。

在这一瞬间，林复苏突然发现，秦路南还挺萌的。

"南哥回家吗？"令狐齐飞收好了包过来叫人。

秦路南想了想："我等会儿还有事情，你先走吧。"

令狐齐飞也没多问，他也知道秦路南不回自家宅子，一起出去也就能走到校门口："成，那下周见！"说完他直接开溜，仿佛刚从监狱刑满释放，一副向往自由的样子。

而秦路南慢吞吞磨蹭许久，等到人都走光了才施施然起身，却不是回自己租住的房子，而是往学校后门小吃一条街走去。

秦路南今天里边穿了一件针织长袖，这会儿有点热，外边的校服拉链没拉起来。当他走出去的时候，有风把他的衣服往后吹得鼓起，像是古时候的侠客，在这样的气氛下，他只简单迈个步子都走出一股路见不平、拔刀相助的味道。

蒋梦甜她们说了半天也没说是哪家饭馆，他汲取到的有用信息只有那条街。

秦路南平时很少来这儿，对路也不熟，而后门说是小吃街，也有两个拐口。

他没有头绪，只能每家都进去转转。

当终于找到那个关了五只小猫的铁笼时，秦路南已经在这儿晃悠一个小时了。

有认识他的学生在里边吃饭，见状小声接头，说有钱人家的孩子爱好就是独特，来小吃街逛街，了不起。街边小店都不大，那几个讨论的人坐得又靠里，在后厨帮忙的林复苏洗个碗的工夫就听见这么几句。

不会是在说秦路南吧？

林复苏手上的动作一顿。

她知道秦路南从不在外边吃饭，就连午饭也是有专人送来，很注意饮食，联系着先前在教室里的情况，她心想，秦路南该不会是特意过来找小猫的？

又不喜欢她破坏植物，即便那些叶子已经枯了，又爱背地里行侠仗义，哪怕只是听了一耳朵的小猫也会担心，分明是这样一个单薄漂亮的善良男生，为什么大家都将秦路南当成不好惹的小霸王？

天色渐暗，小吃街做的都是学生的生意，毕竟第二天休息，星期六的下午，各家饭馆的客流量格外少些，没多久生意就冷清下来。

当林复苏从饭馆结完了当日打零工的钱准备回家时，她往学校那边没走几步，就看见了站在一家店门口板着脸的秦路南。

"我说你就是来找碴儿的吧？这到底关你什么事儿？"饭店老板叼着烟，不耐烦地喘着气，那气几乎要喘到秦路南脸上。

秦路南被烟臭味扑了一鼻子，脸色更差了。他一指小猫："你这是虐待动物！"

"哎哟，我这暴脾气！"饭店老板气得撸袖子，"我和你说，要不是我从水沟里把这些玩意儿捞上来，它们早就死了！还虐待？"说着，老板转向铁笼，猛地一脚踢过去，"我供着它们吃供着它们喝，我就是它们的爹！"

秦路南怒不可遏："你说话就说话，踢它们干什么！"

老板勾着嘴角冷笑："我就踢了怎么着？"

林复苏完全弄不清事情是怎么发展成这样的，可毕竟在这边打工，这位老板的性格，林复苏还是知道一点——好心，但确实是粗人，也不懂照顾动物和小孩，做事、做饭都糙，脾气也暴躁，但凡你不顺着他，他的火气就会冒上来，所以平时他都在后厨，前边招待顾客和收钱都是他老婆的事情，偶尔有两次林复苏看见他教自家孩子写作业，孩子还没怎么着，他已经不耐烦了。

"董叔！"林复苏打着圆场走过来，"还没下班呢？"

秦路南从鼻子里哼出一声，似乎是在表达自己对林复苏与老板亲切打招呼的不满。在他眼里，也就林复苏这么个见谁都笑的家伙能和董老板正常说话。

董老板依然是那张臭脸："怎么？"到底这么大年纪，他看事儿还是准，"来救场啊？"

林复苏好声好气笑着："董叔，您看是不是有点儿误会，这是我同学……"

"误会？"董老板轻嗤一声，"这可没什么误会，你这同学架子大，还挺有本事的。"

秦路南没忍住呛了回去："没您有本事，说是做好事，还喂小猫馊饭吃。"

"别说了。"林复苏不动声色挡在秦路南面前。

"这你可听见了吧？年纪不大，和长辈顶嘴顶得还挺溜！"

秦路南正要反驳不是年纪大就算长辈，有值得尊敬的地方才算，就被林复苏抢了先。

"董叔，我这个同学不是那个意思。他不太会说话，刚刚也是一时情急。"林复苏在背后偷偷拉住秦路南的手，生怕他又冲动，"我之前过来的时候，您不是还问我学校有没有人愿意领养嘛，我这同学有这个意愿，您看能不能……"

"原本我也不会养小猫，放这儿也照顾不过来，给谁都行。"董老板说着，略作停顿，瞥向她的身后，"但这个人不行！"

秦路南的火气又冒出来："我……"

他叫嚷着就要往前跑，偏偏林复苏死死拽住他。

"这样吧，董叔，您照顾了几天，也确实费心，我看小董好像也有点儿怕猫，前几天在门口他不还躲了躲吗？这一时半会儿也找不到人领养，您也知道，很多家长不给养猫。"林复苏想了想，"但我同学是真的喜欢，他刚才可能有些口不择言，也多是着急，对您真的没有不尊敬的意思。就当便宜我们，我们买了这五只小猫可以吗？"

说完，趁着董老板犹豫的时间，林复苏转身低声道："手机。"

秦路南听得一愣一愣的，一边觉得林复苏还真会唬人，一边还没反应过来就把自己的手机解锁递给了林复苏。

"董叔？"林复苏扫了贴在店门口的付款码。

眼前的孩子满脸乖巧阳光，就像别人家最讨大人喜欢的孩子，董老板看她几眼，末了叹一口气："行吧，你们俩……"他刚刚心软想松口，就看见秦路南的白眼。

一时间将要出口的"直接拿走"咽了下去，董老板气不过，伸出手比画了个"五"："五百，爱拿不拿。"

林复苏将董老板的变化看在眼里，心底直叹气，寻思着秦路南还真有威力，一个眼神就能把人惹恼。

她在秦路南手机上输了个付款数，生怕董老板反悔，回头也不多话："你付款指纹是哪个指头？"

秦路南虽有不满却还算配合，乖乖伸手一按。

"董叔，转过去了。"林复苏把手机塞还给秦路南，看一眼那边又脏又破的铁笼子，想着秦路南好像很爱干净，大概不会想碰，便自己过去将笼子打开，抱出五只小猫。

小猫们这几天过得不好，现下一个个垂头丧气，没有力气，不挣扎也不往外爬，林复苏抱得十分省心。

怀中的猫咪温温热热，她笑笑："那我们先走了，谢谢董叔。"

秦路南不发一言，跟着林复苏抬步就走。

然而没走几步，背后老板忽然叫住他们："等等。"

秦路南面色不豫，这个老板不会要反悔吧？

却见董老板别别扭扭："你们对它们好点儿啊。"

秦路南一愣，根本没想到他会这么说。

林复苏却干脆应道："会的，董叔放心吧！"

3.

从小吃街到学校的这条路上没多少人，林复苏和秦路南并肩沉默地走着。

直到走过学校门口，到了该拐弯的地方，林复苏才先停下脚步，而秦路南原本走在她的身后，见她停下，便也跟着乖乖停步。

"你刚才的脸色不太好看，呼吸也变得很急促。"林复苏抱着五只小猫回头，"你是不是不能生气？"

从前她妈妈病情还没这么严重的时候，每回受到刺激时都是这么个反应，而每反应一次，后边的症状就会加重一些。林复苏几乎对这样的反应有恐惧后遗症，因为敏感，所以轻易就捕捉到了。

秦路南避而不答："那个叔叔……"他犹豫了会儿，"好像没我以为的那么坏。"

林复苏看他神色别扭，不禁失笑，也不拆穿，跟着他转移话题："是啊，毕竟是他救了这几只差点儿淹死在水沟的小猫。"

秦路南低头看脚尖，"嗯"一声不再说话。

"其实这些小猫，他也是这两天才关进笼子的，之前都放在店门口一个旧衣服堆成的窝里，但他的儿子怕猫。"林复苏边逗小猫边说，"对了，我能问你一个问题吗？"

秦路南正听得入神："什么？"

林复苏歪歪头："你又不是没钱，为什么不直接用钱解决问题？"

在她的认识里，有钱人好像都应该这样，遇见棘手的事儿就直接把钱甩过去，虽然她这份认知是从电视剧里看来的，但艺术来源于生活嘛。

从董老板那儿忽然转到这里，秦路南一时语塞。

谁知道钱还有这么个作用？他平时能用到钱的地方又不多，往往看上什么，家里就直接准备好了。可话虽如此，真要这么说，岂不是显得他很没常识？

秦路南顾忌着面子不想回答，他继续转移话题："现在它们怎么办？你抱回去？"

也是这个时候，林复苏才发现，看似疏离的秦路南其实很好懂，许多事情不用开口，已经直接写脸上了。

林复苏哭笑不得："我哪儿养得起它们？不然放了吧？"

"它们这么小又这么弱，放了能活吗？"秦路南想起这些小东西是从水沟里捡回来的，脑子里瞬间就浮现出它们歪歪扭扭又掉进去的可怜模样。

这一回万一没那么好运，没有什么好心的暴躁大叔再救回它们呢？

秦路南说："不然先放到我那儿吧。"

林复苏想了想："也行。"

怀里的小猫有些脏了，林复苏见秦路南一脸纠结，不想接过去的样子，了然地笑笑："养小猫要准备一些东西，正好这附近有家宠物店，我陪你去看看吧？"

这个提议来得正好。

秦路南悄悄松口气，云淡风轻地应一声："好吧。"说完他便往前走。

林复苏在他身后默默倒数，果然，没走几步，他就停下来了。

"我不知道那个什么宠物店在哪儿，你带路。"秦路南面无表情地回头。

见状，林复苏心领神会，短促地笑了一下："好。"

原先只想买些必需品，但到了那儿，又是给小猫做检查和清洗，又是看什么都喜欢，选了一堆东西，最后两个人满满当当跟着宠物店送货的车子一起回到秦路南的住处。

当林复苏迈进秦路南租住的房子时，她几乎是震惊的。

在宠物店员工搬运完秦路南购买的东西出门后，林复苏才终于出声："你真的是一个人住吗？"

虽然在进入小区的那一刻就知道这片房区的装修应该很豪华，但林复苏确实没想到会这么夸张，这儿从玄关到客厅的距离已经抵了她们家整个房子大小，更别说里边的空间和设计。

"嗯。"秦路南拆着猫砂盆的包装回头，"你站那儿做什么？怎么不进来？"

林复苏这才发现自己竟然一直站在门口。

平日里伪装出来的自信大方在这一刻露了怯，她低头看一眼自己的鞋子，灰扑扑的，有点儿脏，周边又没有多的拖鞋……

秦路南注意到她的目光却没有多想："这里每天有人打扫，你直接进来就好。"

林复苏笑笑，虽然看不出什么勉强的味道，但走路的姿势明显不如平日里自然。

"你说这个应该放哪儿？"

先前还不觉得，但奶猫们洗干净以后香香软软，越看越可爱，加上一件一件拆东西带来的兴奋感，秦路南难得对养猫这件事期待了起来，说话都带着笑意。

他一手举着猫砂盆，一手拿着配套的小铲子，就那么蹲在地上抬着头对林复苏笑，毫无防备的样子，与在学校里那个高冷不近人情的"南哥"判若两人。

灯光下，林复苏看得一愣。

暖融融的光洒在秦路南的头发和微微仰起的脸上："嗯？"话尾微微拖长，听上去像在跟信任的人说话。

意料之外，前一秒还感觉自己与这儿格格不入的林复苏，此刻却因为秦路南这一歪头的温柔慢慢放松下来。

林复苏环顾四周："那边不是空着吗？或许可以放那里？"

秦路南看一眼，也行。

他起身就要往那儿走，但大概是蹲在地上久了，猛地站起来，只觉得眼前一黑，还好林复苏反应快扶住了他。

"我来吧。"

也是没想到秦路南说晕就晕，林复苏被秦路南吓出一身冷汗，边任劳任怨帮秦路南摆放东西，边闲聊似的问："这儿真的只有你一个人吗？"

"白天我不在家的时候，会有阿姨过来打扫整理和做晚饭。"

秦路南说着走到厨房，里边的电饭煲和紫砂锅都还在保温，边上的蒸锅里也有几个菜在热着。打开看一眼，饭菜香气飘出来，他却没有胃口。

每天都是一样的东西，哪怕变了花样，味道也永远差不多，清汤寡水的，任谁都会乏味。

　　"这个猫爬架要装上吗？"林复苏回头，没看见秦路南，便远远喊了一声，"需要现在装吗？"正好她在这儿，也不算多费事，能装就给装了吧，不然秦路南又没干过什么活儿，一个人装着装着，被木刺刺着手了怎么办？

　　秦路南也没什么不好意思，也许成长环境早让他习惯了别人帮他做这做那。

　　"好。"秦路南端了碗汤走出来，坐在旁边看，"这个放那边吧，不要和猫砂盆挨得太近，我怕它们玩着玩着掉进猫砂盆里。"

　　林复苏失笑："怎么会？"

　　猫科动物身手灵敏，应该不至于这么憨憨。

　　"怎么不会？"秦路南喝了几口就放下碗，他回过身将小猫们一只只从猫包里抱出来，"它们在外边都能掉进水沟，掉到盆子里又有什么好奇怪的？"

　　小猫们没什么精神，即便来到新的地方也没那个精力打探周围环境。只有一只头上带着米棕色圆点的稍微活泼一些，伸着小爪子去够秦路南的小腿。

　　秦路南一把将它抱起来："你以前装过猫爬架？"

　　林复苏的手法娴熟，动作又快，秦路南不过喝了碗汤的工夫，回来就看见原先零散一堆的东西变成了图纸上的模样。

"倒是没有，不过有时候会干些别的活儿。"林复苏一笔带过，"动手的事情都差不多。"

秦路南没有抱过小猫，只是按照自己的心意，抱玩具一样搂着。小猫不舒服，挣扎着就要跳下去，秦路南连忙拽住小猫的前腿往怀里按，生怕它摔着，一时间竟有些手足无措。

"你这样它不舒服的。"林复苏装完最后一个螺丝，转身就看见"哎哎"叫唤和小猫斗智斗勇的秦路南，她无奈接手，"喏，要这个样子托住它，它才会有安全感。你把它抱舒服了，它就不会往下蹦了。"

秦路南顿了顿："你还养过猫吗？"说完，他若有所思似的，"难怪会装猫爬架。"

林复苏哭笑不得。

敢情他刚才没听她说话？

她也懒得再解释，手把手教秦路南抱猫："来，你先抱住它这里，不，不是这样……对，然后托住这儿。"

折腾一番，秦路南终于学会了抱小猫。

看着怀里乖顺眯着眼的奶猫，秦路南心满意足："也没有多难嘛。"

暖色的室内灯光下，秦路南收起了平日几乎是刻在脸上的冷漠和疏离，连带着整个人都柔和起来，连语气也变得温软。他说话时眼睛微弯，带着一点点专属于少年的小骄傲和小得意，看上去十分美好。

林复苏顿了顿，移开视线去看猫，偏偏秦路南想起什么似的叫她。

"林复苏。"

秦路南将奶猫放下："你没有给它们弄吃的。"

奶猫太小，需要喝羊奶和吃湿猫粮，刚才宠物店老板有嘱咐，他虽然听了但并不太会弄，好在他记得林复苏听得很认真。再说，看林复苏对待小猫熟门熟路的样子，这点儿事情想必也难不倒她。

秦路南使唤人使唤得得心应手，林复苏也乐得供人差遣，秦路南一说完，她便去找那几个小小的食盆装猫粮调羊奶去了。

"你家有开水吗？"林复苏问。

"嗯，在厨房里边的暖水瓶里。"

"厨房在哪儿？"

秦路南一指。

林复苏笑着点点头："好，正巧我也把这几个食盆洗洗。"

秦路南不解："这不是新的东西吗，为什么要洗？"

和秦路南说这些大概是解释不通的，林复苏失笑道："没什么，顺手。"

听见这个，秦路南便不再多管。

也许是闲不下来吧，她想洗就让她洗好了。

秦路南坐在这边逗小猫，听见不远处传来洗东西的水声，他手中温温热热，鼻间全是小猫身上清新的宠物沐浴露香味。

很舒服的感觉。

林复苏的动作很快，不一会儿就弄好猫粮，将食盆一个个摆在不远处，耐心地把小猫们抱过去。

秦路南看着不远处忙忙碌碌的林复苏，脑海里却闪过谢小冬带来的消息。

原先安静窝在秦路南腿上的小猫咪见兄弟姐妹们都开始吃粮，"喵呜"一声也跳过去。

秦路南微微低着眼睛，眸色晦暗不明。

当林复苏轻轻抚摸小猫，因为看见猫咪们将水和羊奶舔弄出来、洒在木地板上，正准备问秦路南抹布在哪儿的时候，秦路南忽然出了声。

"喂。"

林复苏一惊。

秦路南什么时候出现在她背后的？

或许这个人才是真正的猫？

秦路南居高临下地望向蹲在地上的林复苏："我有一件事情想要问你。"

林复苏平复了一下过快的心跳。

她站起身，与秦路南对视。

"什么？"

秦路南犹豫了一下，还是决定直接问出来——

"你姐姐的死是怎么回事儿？"

从小到大，秦路南最学不会的东西就是委婉，即便知道这么表达可能不大恰当，但他确实想不出该如何拐弯儿。也是因为这样，他遭遇过许多误会。

在听见这句话的时候，林复苏呼吸一滞，有那么一瞬间，深藏在心底的恐惧与不安翻涌上来，她几乎以为自己要回到那段处处遭人白眼、被人打量的时光……

但这次不一样。

林复苏望进秦路南的眼里。

那双眼睛太过干净澄澈，不带一点儿恶意，好像只是单纯的好奇，和过去那些刻意拿着这个问题来为难她、想要她难堪的人都不一样。

很快，林复苏找回自己的意识。

"你听到那些传闻了？"

并不是听说，是打探来的。秦路南在心里说，但他当然没有讲出来，只是含含糊糊地"嗯"了一声。

林复苏沉默下来，先前轻松自得的笑意也被一种说不出的沉重取代。

许久，她才再次开口，声音变得很低很轻，好像一下子被人抽离了所有生气。

"其实……没什么好说的。"林复苏垂下眼睫,有阴影落在她的眼下,"人们都喜欢看热闹,别人家的事情总是闹得越大越离谱越好,而真相是什么,有谁在乎呢?"

被孤寂笼罩着,林复苏艰难开口:"都一样,每个人都一样,大家永远只愿意相信自己想要相信的事情。"她欲言又止,未尽的话尾消失在一声叹息里。

透过这一声叹息,秦路南看见一个不一样的林复苏。当时,他只觉得自己心里最软的那处地方被最轻的力度触动了一下。

很轻很轻的一下,却比任何强烈的撞击都要来得深刻。

谁说不是呢?

秦路南同感如此。

先前轻松的气氛,因为这个话题变得截然相反,两人无声静对。

被巨大的无力感笼罩,林复苏不想再说什么,秦路南则是不知道应该说些什么。

直到一个声音响起——

"咕叽!"

秦路南脸上一红。

他不是喝了汤吗?为什么肚子会在这个时候叫唤?

林复苏也是一愣。

看见秦路南因为感觉丢人而变得羞愤的表情,林复苏心头的阴

104

云莫名消散了几分。很奇怪，秦路南总是有办法让她的心情变好，哪怕对方并没有刻意做些什么。

林复苏说："你是饿了吗？不如先吃饭吧，正好我也该回家了。"

秦路南一脸倔强："我吃饱了。"

林复苏以为他这是抹不开面子："可你不过就喝了一碗汤。"

"差不多，我每天晚上都是这么过来的。"秦路南转身蹲下逗猫，"今天我起码还喝了一整碗，已经比平时多了半碗。"

林复苏皱皱眉："你就吃这么点儿？"

难怪这么瘦。

站在秦路南身后，林复苏低头看他，因为半蹲的姿势，秦路南的衣服被绷紧，细弱的腰线被勾勒得清晰，背脊上的骨头也透过衣服凸出来，好像轻轻一折就会折断似的。

"对了，正好你要走，不如帮我把那些东西扔了。"秦路南指指厨房。

他每天都要处理这些吃不掉的饭菜，免得次日保姆过来查看，发现他没吃，又会和家里告状。只是他有时候晚上把东西装好，早上却会忘记带出去。

因为那几次的失误，他险些露馅。

林复苏这才发现秦路南好像不是在说笑。

"这怎么行？"

体质本就不好，现在饿了又不愿意吃饭，秦路南是真的一点都

105

不在乎自己的身体吗？

秦路南小声嘟囔："可是那些东西都不好吃。"

"什么？"林复苏差点儿没听清。她问完就反应过来，搞半天秦路南是在挑食？

林复苏没忍住笑道："你是小孩子吗？"

秦路南的脸上挂不住垮了下去："你不是要回家吗，怎么还不走？"

怎么翻脸就不认人了？

想起自己去厨房里看见的那些菜，加上每天中午有人来学校给秦路南送饭，自己偶尔看见的菜色，林复苏想，那些似乎都是清淡的，如果每天这么吃，确实不太能勾起人的食欲，但也说明秦路南确实需要注意饮食。

林复苏在心里默默叹一口气："你有想吃的东西吗？"

秦路南一顿："怎么，你还会弄吃的？"

"会弄一些简单的。"林复苏轻描淡写。

其实是林复苏谦虚了，在妈妈刚刚生病的那段日子里，她也是什么都吃不下。林复苏因此尝试了许多方法，又要有口味，又要适合病号，经过好长时间的打磨，她才终于成功让妈妈恢复正常饮食，也因此对病号餐有了点儿心得。

来到冰箱门前，林复苏打开，里边的食材琳琅满目："你有什么忌口的吗？"

"冰箱里有的我都能吃。"秦路南跟着她走过去，只朝里边看一眼就移开目光，"只是这里面的我都不太爱吃。"

林复苏顿了顿，秦路南见她沉默，说："别折腾了，我……"

"你吃面条吗？"

可是面条和厨房里那些东西有什么区别，不还是清汤寡水的？秦路南这么想着，刚要拒绝就看见林复苏脸上期待的表情，他欲言又止，最终别扭地点点头。

"你想弄就弄吧，不过我未必能吃得下。"

这还得谢谢秦路南赏脸给机会了。林复苏笑笑："那你在这儿玩玩猫，我很快回来。"说完便向厨房走去。

秦路南看着林复苏的背影，有些迷惑。

怎么，林复苏还真会做吃的？在秦路南看来，会自己做饭是一件了不起的事情，毕竟他这么多年，连厨房都没进过几次。

奶猫们吃饱喝足，精神一些，便开始巡视四周，一个个短腿小团子在房间里转来转去，间歇性挠挠窗帘、碰碰摆饰，发出轻微的声音。先前那只头上有圆点的小猫好像是老大，在房子里巡视完了一圈，便带着其他小猫一起转悠回秦路南身边。

秦路南原先还坐在椅子上看它们，一转眼就被"奶团子"包围。

带头的小猫率先扒着他的裤子爬上他的腿，刚爬上去就窝在那儿不动了，而剩下的小猫有样学样，不过最瘦的那只爬到一半就骨碌碌滚了下去，秦路南连忙弯腰扶住它，把它捞上来。

很快，五只团子都在他的腿上找到了最舒服的位置，被他抱上来的迷你毛球甚至舒服得开始踩来踩去。可相对的是，秦路南变得僵硬，一动不敢动，生怕它们掉下去。

4.

当林复苏端着葱花面回到客厅，看见的便是这番景象，不知道的还以为秦路南被奶猫绑架了，坐得这么板正。

她笑着将面碗放在茶几上，接着一手一只将小猫们抱去了猫窝。

"来吃吧。"

空气里飘满了食物的香气。

秦路南嗅了嗅，忽然被勾起了食欲。他有些意外，原以为林复苏的"会做饭"不过是会做，现在看来，林复苏不只是会，而且还做得不错。

"尝尝？"

"嗯。"秦路南拿起筷子，矜持地夹了一口，咀嚼过后，眼睛一亮。

先前还担心秦路南会吃不惯，在看见这一幕后，林复苏原本提着的心倏地放了下来："好吃吗？"

秦路南挑挑眉："还不错。"说着端起碗又吸溜一口面汤。

秦路南似乎很吝惜于夸人，林复苏撑着脸在边上看他，所以这句"还不错"应当很算得上对她的肯定了。

面条劲道，清香十足，秦路南吃东西虽然慢，但好在是一口没剩，最后放下碗，接过林复苏递来的纸擦嘴。

秦路南心满意足地打了个小小的嗝儿："你还有这一手呢？"

林复苏看见这样的秦路南，也觉得满足，但嘴上还是谦虚道："头一回吃的东西感觉都还不错，也就是这个味道新鲜，吃得多了久了，就不会觉得这么好吃了。"

说完，想想厨房里那些菜肴，对比一番，林复苏越想越觉得应该是这么个道理。

"哦？"秦路南回想，"我的记忆里没有什么新鲜的东西，从小到大吃的都是一个样子。"

林复苏微愣："是吗？"

"嗯。"很久没吃得这么饱，秦路南的心情也好了起来，"谢谢你。"

对这声道谢，林复苏几乎是受宠若惊："没什么，不过是一碗家常的面。"

"家常……很好吃。"

秦路南微微仰起头，他没有什么"家常菜"的概念，即便是在家里，大家也多是迁就他，陪他吃些没味道的东西。在双胞胎弟弟秦佑平和秦佑安还小的时候，他们还因此抱怨过，说为什么哥哥一回来，家里的菜就变难吃了，糖果、点心、巧克力也都要被收起来？

当时他就站在转角，听着管家苦口婆心哄他们，然而小孩子到底是小孩子，得不到想要的东西，根本哄不住，于是管家悄悄拿了两块糖塞进他们的手心。

现在想想，确实幼稚又没道理，但当时的他真的为那两块糖而难受不已。

当时他放轻了脚步，从拐角处回到房间，独自坐在书桌前发呆，心说也许他不该回家。他早应该知道，自己不只是长辈的累赘和负担，是管家和保姆眼里难伺候的对象，就连在两个小孩的心里，他都是不受欢迎的存在，一回家就要剥夺他们享受零食的快乐。

刚才因为美食而生出的好心情，在回忆起过去的那一刻便重新低落下来。

秦路南找不到地方发泄不满，只得闷头走进厨房，找借口似的嘟囔："这些东西好难吃，我不要看见它们了。"说着，他拿着菜碗就要往垃圾桶里倒。

"等一下。"他的动作被林复苏拦住。

林复苏一脸心疼："如果你不吃的话，不如让我带回家吧。这些菜看起来都很不错，扔了怪可惜的。"

可你明明就会做这么好吃的东西，干吗要带这些不好吃的回去？秦路南不解地望着林复苏，但到底还是停下了。

又或者说，他没有任何反抗或赞同的心情。

"那你端走吧。"说完，他放下手里的东西便回到客厅。

奶团子凑过来蹭蹭秦路南的裤腿，暖暖的温度透过布料传递过

110

来，秦路南不禁蹲下身子抱住小猫。

怀里的奶团子"喵呜"一声，在他的手臂上蹭了蹭，对他很是依赖的样子。

难怪那么多人养宠物，秦路南的心底有些安慰，揉了一把奶猫。

他怎么早没想到养小猫呢？

不久，林复苏整理好食材走出来："我拿了你家几个保鲜盒，星期一洗完了带去学校给你。"

秦路南心不在焉："嗯。"

也不清楚秦路南为什么突然之间心情变糟，林复苏站在原地等了等，没等到他转身，只得自己走过去。

在他身后站了会儿，林复苏没忍住摸了摸他的头。

很轻很轻的动作，像是在摸一只猫。

"碗我已经洗过了。"

生活所迫，林复苏其实是一个很会说话的人，在秦路南面前却总不知道该说什么。

秦路南身上好像藏着许多不愿意被人发现的秘密，那些秘密太过厚重，筑成了一堵墙，将他困在里边，有时保护他不受冲击，有时又使得他无助孤寂。

而林复苏不知道秘密是什么，也不敢强行将他拉出来，结果好坏不定，谁敢轻举妄动。有些人好起来需要陪伴，有些人需要的却是独处，谁和谁都不一样。

林复苏想了想，又憋出一句："如果你下次还想吃，记得叫我。"

秦路南仍静静蹲在那儿，除了在林复苏抚上他发顶时僵了那么片刻之外，再没有别的反应。

"那我先走了？"林复苏等了会儿，没等到秦路南的回答，于是只得走向门口。

"喂。"

在身后传来秦路南的声音时，林复苏如装了雷达一样立马就回过头。

秦路南还是蹲着抱小猫的姿势，脸都没转："你家里的事情我不会往外说的。"

"我知道。"林复苏笑笑，"我相信你。"

她一句相信说得太过自然肯定，好像他们是多好的朋友一样。

这份信任来得没有道理，秦路南愣了愣，半晌才弯弯嘴角，但还是叫人开心的。

再开口时，秦路南的声音轻松下来："回去吧，明天见。"

"嗯，明天见。"

第六章
秦路南的过去到底
藏着什么样的秘密?

　　不是所有的问题都有一个解决方法，更多的困苦令人无力，或许装作不知道已经是外人所能表示出来的最大善意。

Zao zao chun

1.

周一，早读前当令狐齐飞看见林复苏从包里拿出几个保鲜盒递给秦路南的时候，他的眼珠子都快瞪出来了。

前两天秦路南还在说自己有多讨厌林复苏，还让谢小冬去打探了人家的小秘密，怎么隔了个周末，两个人的关系就密切了？

"还有这个。"林复苏犹豫了会儿，才从包里掏出最后一个。

那是个保温饭盒，不透明，从令狐齐飞的角度看不见秦路南打开后里边装的是什么。

"你熬的？"秦路南问。

林复苏拖了自己的椅子坐过来："嗯。我看你早上好像都没怎么吃过东西，不吃早餐对胃不好，正巧我每天早上要在家熬粥，随便吃点儿吧。"

其实秦路南不是不吃早餐，阿姨每天一大清早就会过来，他起得很早，也会在家里简单吃一些东西。但他的简单的确是简单，什么都只吃一两口。阿姨大概是听过关于他的"光荣事迹"，总是有些怕他似的，不敢与他多交流，看见他吃了就算交差，至于吃的是几口还是几粒米，那就不在她的管辖范围之内了。

有时候秦路南都不知道，这个阿姨到底是家里请来照顾他，还是家里派来监视他的。他的食欲很容易受到心情方面的影响，本就不喜欢那些叫人腻味的吃食，在这样的条件下，他更是难得吃下去些什么。

秦路南正发着呆，手里就被塞进来一个勺子，勺子上还带着小水珠。那边林复苏拧好水瓶上的盖子："给你冲了一下，怎么样，吃两口？"

粥香四溢，带着不腻人的淡淡肉味，在瞧见秦路南舀了一勺送进嘴里，并且露出一个惊喜的表情后，令狐齐飞终于按捺不住好奇心，跑过来瞥了一眼。

"好家伙，真够香。"他猛地一闻，"你家开饭店的？"

林复苏好脾气地笑笑："没有，只是早上要准备早餐，顺便装一碗带过来。"

这个年纪的孩子大多没有吃早饭的习惯，对于他们而言，睡觉比吃早餐更重要，尤其是怎么都睡不够的令狐齐飞，他每个早晨光是赶路来学校时间就够紧了，这下更是越闻越馋。

"你还自己准备早餐？"令狐齐飞咂舌，"厉害啊，朋友！"

他说着便顺手要在林复苏肩膀上一拍，然而那一掌还没落下去，就被秦路南拦住。

秦路南轻轻在桌面上敲了几下，说："挤到我了。"

令狐齐飞心酸道："南哥你喜欢皮蛋瘦肉粥？不然我明天也给你带一份？"

秦路南头也不抬淡然喝粥："好啊，你也自己煮吗？"

令狐齐飞吃了个瘪："要是南哥觉得喝得下，我也可以试一试。"说完感觉自己气势不足，又挺起胸膛加了一句，"不过话说回来，熬粥嘛，不就在锅里放米加点儿水？也没什么难的。南哥，明天等我！"

秦路南默默将饭盒移开了些，避开某个高谈阔论喷口水的人。他面色怪异地抬头："真的吗？"

令狐齐飞充满自信："那当然！"

又不需要自己做什么，说不定还能有热闹看，秦路南勾出一个清甜的笑："我很期待。"

自以为受到了鼓励的令狐齐飞一下子飘了起来，又是打包票又是掏手机搜怎么煮粥，那架势恨不得原地造锅，一展身手。

林复苏在边上看得不禁失笑，使坏的秦路南还真有点儿小恶魔的味道，但和其他恶魔不同，这一只哪怕露出了尾巴尖和小獠牙都依然可爱。

秦路南很快喝完了一小碗粥，他意犹未尽地放下勺子："明天还有吗？"

掏出纸巾，林复苏自觉地开始收拾桌面。

"有，那我先去把这个洗了。"她拿起饭盒，"这个保温盒就放我这儿吧？"

秦路南点点头。

林复苏见状笑笑，分明是接了个免费厨子的活儿，但她笑得太开心，不知道的还以为她占了什么便宜。

前边的蒋梦甜和季思雯凑在一起小声"嗷呜"，季思雯抬头时和令狐齐飞对视一眼，两人都是一脸蒙。

令狐齐飞一脸摸不着头脑，退回秦路南身边。

秦路南看出他的心不在焉："你这是什么表情？"

"没有，就是……"令狐齐飞眼神闪躲，小声问，"南哥，你觉得季思雯是不是长得挺可爱的？"

秦路南挑挑眉，心领神会也将声音压低："我觉得啊……"

"嗯？"

令狐齐飞将耳朵凑过来，正要听秦路南说话，头上就狠狠挨了一下。

令狐齐飞满眼错愕地捂着头直起身，看向秦路南手里拿着的砖头似的《古汉语词典》，眼睛里全是不可置信。

秦路南一本正经："我觉得啊，学习要紧。"

令狐齐飞悲愤地揉着头回到座位，先前荡漾的少男心全被这一下给敲碎了，连带着智商都给敲得退化，一瞬间啥也不记得了。

2.

度过了短暂的秋老虎，随着秋雨一场一场落下，天气很快转凉。连道路两旁的树叶都一日一变，好像昨天枝头还是青翠的，今天却已经全部泛黄。

拍着篮球回教室，林复苏热得冒汗。

她随手拧了一把头发，正巧看见把拉链拉到最顶上的秦路南。

午休结束的预备铃刚响了一道，午休时间还没过，现在距离上课还有一会儿。

林复苏大剌剌坐到秦路南身边："这么冷吗？"

秦路南瞥她一眼，缓缓将手从袖子里伸出来。

林复苏不知其意，脑袋里一个大大的问号。

接着便看见秦路南以迅雷不及掩耳之势把手塞进了她的后脖颈。

"嘶……"

林复苏倒吸一口冷气，缩了缩脖子，像是被这一激灵给弄傻了，明明被冻得一惊却没把那双手拿出来，反而就着这个僵硬的姿势转过了脸。

"真有这么冷啊？"

秦路南懒得和林复苏说话。他是看出来了，打篮球的那一伙都是异类，这种天气也能穿着短袖，把校服裤撸到小腿，和他们说天气根本没用，他们对寒冷是免疫的。

林复苏说："既然觉得冷，怎么不多穿两件衣服？"

秦路南继续缩在座位上："春捂秋冻，要是现在就穿那么多，到了冬天该怎么办？"

教室里又比不上他的住处，这儿没有空调，只能生挨。

睡得迷迷糊糊的令狐齐飞睁着一双惺忪睡眼过来插话："冬天再多穿几件呗。不是我说，南哥你这要是冻坏了引起什么并发症，再把自己整进医……唔！"

还没说完，他的小腹上就挨了一肘击。

令狐齐飞瞬间就清醒了。

他疼得龇牙咧嘴，终于弄明白了今夕何夕，也意识到自己说错了话，忙找补："我不是那个意思，我是说，是说……那个，感冒了也挺遭罪不是？"

秦路南被冷得蔫哒哒的，报复过后也懒得再说些什么。他极其怕冷，一到了这种天气就会自动切换成勉强保持住清醒的冬眠模式。

林复苏却留了个心眼。

联系起从前种种，她总感觉秦路南好像并不是自己所说的单纯的体质差和心脏不大好，对方似乎在隐瞒一些什么更加严重的东西。

抱着这样的疑惑，林复苏等在了外边。

而等令狐齐飞上完厕所回教室，在门口就被林复苏拦了下来。

"不是，你也别为难我呀。"

听完林复苏的问题，令狐齐飞面露苦色。

"这，你和南哥现在关系不是挺好的吗？你要想知道什么，不如直接问他，如果他不愿意说，那他肯定也不愿意我说，你讲是不是？"

林复苏不是不清楚，可她还是想知道。

"你有没有发现最近秦路南很容易忘记一些事情？"林复苏回忆道，"我前段时间在他家，他前脚说要去给宠物店老板打电话买点儿猫薄荷，后脚握着电话已经不记得自己要做什么。"

令狐齐飞先是被她的讲述感染得面色凝重，但很快又自我释然："这，记性不好啥的，我们没事人不也会吗？我就经常拿着手机找手机，也挺正常啊！再说了，南哥的病应该影响不到记忆方面，他……"

他险些脱口而出，还好自己反应过来。

"不过你的担心可能也有点儿道理。"令狐齐飞又一琢磨，"这样吧，我和他家里说说，要他家问问医生。"

令狐齐飞说得自然，林复苏却听得心底发沉。按照令狐齐飞的表述，秦路南的身体确实是有问题，只是问题大小和严重性她无法得到确切答案。

也不是没试过直接去问秦路南，但他对这个很是敏感，每回林复苏一提起，他的脸色就变得难看下来。倒也不会对林复苏发作，但他会自己隐忍，那样的秦路南让人很是担心。

观察了会儿林复苏的脸色，令狐齐飞忽然拍拍她的手臂："说起来还怪对不住你的。"

林复苏一时失神："什么？"

"我刚开学那阵儿，以为你和那个……那个。"令狐齐飞冲着站在后门处和同学打闹的徐晨伟努嘴，"我以为你和他是一样的人来着，有那么一段时间还挺讨厌你。就算后来军训时候，我听说你送南哥去医务室，也没对你改观多少。"他有些不好意思，"误会你了。"

林复苏倒没在意："没什么。"

"说起来还挺开心的，你能这么关心南哥。"令狐齐飞轻叹一声，话语里带上怀念，"你也知道，南哥这人，他的性格容易遭误会，他也不稀罕解释，很多时候任人误会。看起来还挺酷对不对？哈哈，其实他就是能装……"

秦路南现在是真的能装，只不过最开始的秦路南并不是这个样子。

想起自己和秦路南还小的时候，令狐齐飞忽然有些感慨。

当时还在读小学，距离秦路南第一次住院也不过就过了小半年。

那会儿，令狐齐飞还是个熊孩子，什么都不懂，满脑子只想着玩，肚里全是直肠子，碰着个什么事情都直来直去，半点儿不带转弯儿的。那时的他，许久不见秦路南，再见面时除了开心就是激动，而他表达情绪的方式就是把人往球场上拉。

121

"走啊，怎么不动？"

记得那是一个周末，小小的令狐齐飞傻乐呵着跑到秦路南家里，他不知道秦路南到底发生了什么，光知道秦路南好像变了。小孩子就讨厌变化，遇见了就只想把人再变回去。

那天他去得很巧，秦老爷子不在家，叔叔阿姨也不在，偌大的庭院里，除了不远处在草坪上除草的大叔，便只剩下秦路南一个人坐在那儿发呆。

令狐齐飞一边手里夹着篮球，另一只手拽着秦路南往外拖。

秦路南死气沉沉，一点儿从前新时代球场巨星的影子都找不到。他无力地挣扎着："别拖了。"

令狐齐飞一股蛮劲，什么话都不听："不行，你今天一定得和我打一场！你说不爱和他们一起玩，那咱俩单挑也行，一对一，就在那个球场上，我都招呼人给我空出来了！你放心，绝对没别人……"

秦路南低着眼睛："我说别拖了。"

令狐齐飞也有点儿气："怎么就别拖了？我偏要拖！"他又拽了一下他胳膊，但秦路南的抗拒也越来越强。

令狐齐飞把秦路南的手一甩："你是不是不想要我们这伙兄弟了？秦路南，我告诉你，你不想和我们玩就直说，别整天做出这副样子！"

他越说越上头，说到最后几乎吼出来，吼到后来想摔东西，直接就把手里的篮球往外丢。比起生气，其实更多的是不解和委屈。

那会儿都太小，令狐齐飞弄不明白，不过就是请了半学期的假，为什么秦路南就这么变了个人？这根本不是他们的大哥，说话也不爱说了，玩笑也不再开了，孤僻得像是个异类，比起说面前的人是秦路南，他宁愿相信这是个来顶包的外星人！

"你说，你是不是假的？"令狐齐飞越琢磨越觉得是这么回事儿，"你根本就是外星人假冒的对不对！"

篮球在地上弹了几下，滚进小花坛里，被卡在矮树和花草的中间。

秦路南原本半低着头在看那颗球，却在听见这句话的时候轻轻笑了。

"外星人？"

小小的孩子被半长的刘海遮住眼睛，在本应天真烂漫的年纪，面上流露出来的却只有无助和孤寂。

秦路南抬起头："你叫 UFO 来接我吧，这个地方我待不下去了。"

直到现在，令狐齐飞都不知道该怎么形容那个眼神。只一眼就消了他的心头火，叫他差点儿没忍住想去问对面的人一句"没事儿吧"。

林复苏听到这儿，忍不住追问："那后来呢？"

"后来？"

令狐齐飞望向远方，分明是一天到晚嘻嘻哈哈没个正形的男孩子，在说起所谓"后来"，他的脸上居然也带上迷茫。

"后来他变得越来越不像我认识的他，他开始到处挑刺儿，有话也不直说，看谁都不顺眼，娇气了不少，好像一下子多了很多叫人讨厌的毛病。有好长一段时间，我都有些怕他，我觉得这个人的身体里可能真的住着一个外星人，而我原先认识的大哥被关在了另一个地方。"

天边有乌云飘来，它们又带来新的一场阵雨。

"所以我决定要救回我南哥。你知道我，什么脱离现实的东西都敢去信。"令狐齐飞说到这儿，自己都觉得好笑，"又一个周末，我越想越感觉自己想的才是对的，以为大人没一个发现南哥身体里的异样。于是，我拿着棒球棍偷摸去了他们家，当时我十三岁，已经有两三年没有和南哥正常说过话了。"

很难想象，小时候那么要好的玩伴，上了同一个初中后却再没有打过交道。

"那天的天气不太好，和今儿个差不多，外边的风吹得那叫一个吓人，真是冷。"

十三岁的令狐齐飞拖着棒球棍、带了把伞就出门了，生怕走到半路就开始下雨。他和秦路南家住得不远，都在花园别墅，只是中间隔了十几栋。

但也就是这么十几栋的距离，当他快走到秦路南家门口时，突然开始下雨了。

124

令狐齐飞手忙脚乱地在风里撑伞，一边撑，一边加快了脚步。然而就在这时，天边惊雷炸响，他一个哆嗦，撞到了谁的身上。

"啊——"

令狐齐飞一声尖叫，棒球棍也掉在地上，他一个激灵正想发脾气喊"是谁啊，挡在路中间"，把伞移开就看见了前边捂着胸口的秦路南。

"你？"

虽然许久没说话，在来之前也想过要用什么开场白，可好像什么都显得生疏。但现在不一样了，这一撞直接撞开了他们之间的隔阂。

令狐齐飞连捡棒球棍都给忘了，看见站在雨里的人，连忙给秦路南撑伞，完了就要拉秦路南去避雨。

却不料，秦路南一把拽住了他。

令狐齐飞一蒙："为什么不进去？"

秦路南只是咬着嘴唇摇头，也不知道在闹别扭还是在硬撑。

这时，又是一道闪电，射出的光照亮了秦路南惨白的脸。雨势渐大，秦路南穿得单薄，又淋了会儿雨，这下眼见着变得虚弱，连拽着他的手都没啥力道。

顾不得秦路南的反抗，令狐齐飞连忙把人拖进了秦家。

接着，他看见秦家父母流着眼泪过来扶住几近昏厥的秦路南，向来威严的秦老爷子在不远处叹气。大厅中有保姆抱着一对婴儿，婴儿哭闹不止，令狐齐飞当时很担心秦路南，却也不由得疑惑，这俩孩子哪儿来的？

剩下的那些，令狐齐飞一笔带过："之后的事情就不方便和你多说了，概括起来无非就是明白了南哥转变的原因，也发现自己在那个时候大概做了不恰当的事情……要早知道是这样，当初打死我也不和南哥怄气。"

虽然令狐齐飞没有说，但林复苏大概也能猜到，秦路南应该是经历了什么在当时的年纪里承受不住的事情。而秦路南的病情，大概也和那些事儿有关。

"你关心南哥，南哥一定也能感受到，其实挺谢谢你的。但有些东西，南哥不愿意说，你也别问了，问出来能干什么呢？解决不了。"令狐齐飞摆摆手，"要被他知道了，说不准还要更难受。"

也许是她想得太简单了。

林复苏潜意识里把秦路南当成衣食无忧的天真少年，总以为对方就算有过不好的经历，也不过是天真少年的不好经历，她没想过秦路南的病会和其他联系在一起。

联想到自己，林复苏微微点头："我明白了。"

谁没有秘密呢？谁会没有不想被人知道的事情？

不是问清楚了就能对症下药，不是所有的问题都有一个解决方法，更多的困苦令人无力，或许装作不知道已经是外人所能表示出来的最大善意。

3.

令狐齐飞和林复苏很默契地没有把那场对话泄露出哪怕一句。

只是秦路南觉得奇怪。

怎么林复苏这阵子对他这么殷勤？虽说往日里，林复苏也会过来给自己弄些吃的，但好像也不会做到这样有求必应啊？

周末，沙发上。

"林复苏。"

秦路南随口喊了在厨房里捣鼓的人一句，心说是或不是，试试就知道了。

里边的人满手面粉跑出来："怎么了？"

"我忽然又不想吃饺子了，你会包包子吗？"秦路南搂着小猫轻咳一声，"我要那种皮特别薄，里边的馅儿能流汤的包子。"

林复苏想了想："你说小笼包？"

"嗯。"

林复苏好脾气地笑笑："那我试试。"

秦路南一愣。

他刚才是拿手机查过的，小笼包很难包，那些操作流程，怎么看怎么复杂，为什么这个人一点儿没有被为难到的样子？

难道是因为自己"雇"了她？可就这么个玩笑似的兼职，至于做到这样吗？

秦路南小声嘟囔。

关于林复苏的家境，他大概了解了一些，知道林复苏每个周末，包括平常的空闲时候都要出去兼职。在最初发现的时候，他带着帮助朋友的心思，提出自己喜欢林复苏做的饭菜味道，让林复苏干脆来自己家打工。

他没做过这种事情，当时说话，生怕一不小心伤了人的自尊心，好在林复苏没有多想，只一愣就答应了。在那之后，林复苏几乎成了他的特供厨师，早中晚，包括周末都会来他家帮忙弄饭。

秦路南也第一次体会到了做好事的乐趣——不仅有了美味的食物，常年纸片人的他还终于胖了一斤。

林复苏回头，看见靠在厨房门口的秦路南。

秦路南说："你还真准备给我弄小笼包？"

灯光下，秦路南一身居家睡衣，抱着猫歪头不解的模样显得格外柔软。

林复苏不自觉就放轻了声音："也不麻烦呀。"

"真的不麻烦吗？"在这样一个人面前，秦路南发现自己还真是很难继续挑刺。

可他想了想还是决定继续："我又不想全吃包子了。"

猫咪在他的怀里发出"呼噜呼噜"的声音。

"和了这么多面呢？"秦路南想了想，"不然你给我包一半饺子，包一半包子，再用剩下的面给我做一碗手擀面？"

"也行。"林复苏一边擀面皮，一边看自己和的馅料够不够，"但你平时食量不大，不能一下子吃这么多。面条我就给你煮一小碗，如果你还想吃，就隔一段时间，少食多餐才不会撑坏了胃。"

果然不对劲。

秦路南眉头一拧："你是不是做了什么对不起我的事情？"

如果不是，那林复苏这也好得太夸张了。

林复苏愣了愣："你怎么会这样想？"

"不然的话为什么我说什么你就做什么？"

林复苏叹一口气："不如你试试别的。"

秦路南不解："什么？"

林复苏指了一下窗口："你试试叫我从这儿跳下去？"

秦路南一惊："你想做什么？"他忽然提高声音，小猫被吓了一跳，蹦跶着就从他身上跳了下去。

"我的意思是，如果你叫我从这儿跳下去，你就会明白自己先前说的那句话不成立。"林复苏无奈，"再说，什么叫你说什么我就做什么，我不要面子的吗？"

秦路南弯腰抱回小猫："但你最近都怪怪的……"

"哪儿怪了？你现在可是付我工资的金主。"刚一说完，林复苏就意识到自己在用词上有瑕疵，"我的意思是老板……咳，员工讨好老板有错吗？"

秦路南想了想，好像是这么个理儿，但听在耳朵里，怎么想怎么不对味儿。

但具体是哪里不对呢？秦路南想不出来，他嘟囔一声："算了，也没错，那你继续讨好吧。"

他说完就走，走一半又折回来："对了，蘸料里少放醋，你上回调的蘸料好酸。"

"知道了，我的大老板。"

秦路南这才重新回到客厅开始看电视。

小猫们经过了一段适应时间，也逐渐活泼机灵起来，尤其会恃宠而骄，在发现自家主人轻易不会责怪自己之后，怎么胡闹怎么来。在沙发上磨指甲已经是最轻的小事儿了，更捣蛋的是它们酷爱乱碰易碎品，尤其是秦路南的玻璃杯。

"啪——"

这是这周碎掉的第三个杯子。

秦路南看一眼也不动弹，只在心里数着数等，果然，很快林复苏就拿着扫把过来收拾碎片。

望着任劳任怨的新晋"保姆"，看林复苏这熟门熟路的样子，好像对什么东西放在哪里了如指掌，又或者说，林复苏对这个屋子比他还熟悉。

撸猫发呆，秦路南想起前几天令他崩溃的事情——

130

那天放学，秦路南是和林复苏一起回家的。秦路南照习惯先回房间换睡衣，但刚刚进去就闻到一股奇怪的臭味。寻着味道，他找到了源头，是自己的被子。也不知道是哪一只，放着猫砂盆不用，直接就在他的床上解决了"个人问题"。

当时他黑着脸走出去，连林复苏都蒙了一下："怎么了？"

"没怎么。"秦路南把小猫们一只只拎起来放在沙发上，"你挑一只。"

林复苏一脸疑惑："挑一只做什么？"

"炖了。"秦路南一个没忍住把手指捏得咔咔作响，"今天也别准备其他菜，咱们吃现成的，清炖猫肉！"

奶猫们仿佛听懂了这一番恶魔语录，一只只"嘤呜呜"叫着，连林复苏都觉得心底发软，秦路南却依然一副要杀猫的架势。

好在后来林复苏弄明白了怎么回事，这才避免一场血案发生。

林复苏戴着一次性手套处理了被弄脏的床单被子，又换上了干净的床单被子。

处理完之后，在秦路南生闷气时，林复苏咨询了宠物店老板小喵咪这么捣蛋的原因，还一边吃饭一边向秦路南解释。

"老板说，如果不是你做了什么事让小猫生气……"

"我让它们生气？"秦路南比奶猫更容易炸毛，"它们拿我的杯子泡脚我都忍了，它们还敢生我的气？"

"你听我说完呀。"林复苏夹了一筷子菜过去，"如果不是这样，

131

那大概就是你铺被子的时候被它们看见了，就是，这样的动作。"她比画一下，"和它们埋猫砂的动作很像，它们误会了。"

秦路南一哽。随即，他难以置信地望一眼在猫爬架上懒洋洋摆着尾巴的奶猫们。

它们或许知道主人现在在生气，一个个老实下来，尾巴都不敢再摇了，看上去软乎乎怪可怜的。头上有小点点的那只还"喵呜"一声，小奶音里全是讨好和求饶。

这下子，就算是秦路南也没办法再生气了。

看在是误会而且有人帮你们收场的分上，原谅你们这一回，但是下不为例。秦路南闷闷地想。

"怎么这副表情？"把地上的碎片和水渍打扫干净，林复苏走过来，"还是真的那么喜欢这个杯子？"

秦路南收回思绪："我在想你动作还挺利索的。"

林复苏将这当成对自己的夸奖照单全收，坐在秦路南身边："还行吧。"

"怎么坐下来了？我的饺子和包子呢？"

"已经蒸上一笼了。"

"你动作是真挺利索。"

林复苏笑笑，正要说些什么，手机却忽然响了起来。

这个音乐声很特别，不是好听的那种特别，而是声音尖锐刺耳，即便是在闹市里也能轻易听见。

听到这个声音，林复苏脸色一变，抓过手机一边走向阳台一边接听电话。

秦路南也没跟上去，只隐约能听见几个音，但关于电话内容，他一点儿都听不清，一点儿都猜不到。

"我家里有些事情要先走了，笼屉已经设好了时间，再过二十分钟它提示音响起就可以拔掉电源，你等会儿记得吃。对了，蘸料我没有来得及调，如果……"

林复苏面色急切却也不忘嘱咐，秦路南见状摆摆手，道："快回去吧。"

也不是多大的事儿，又不是不蘸料饺子就不能吃。

慌乱中，林复苏应了一声，急得连鞋都来不及穿好就往外跑："再见。"

道别声和着关门声一起响起，不过几秒钟的时间，屋子里便又只剩下了秦路南一个人。

第七章
如果你也听说

  趁着黄老师在黑板上写字不注意的时候，那团字条在空中划出一道完美的抛物线，最后准确地落在林复苏的书桌上。

  林复苏展开，看见字条上字迹清秀：比一比？

Zao yao chun

1.

"妈——"

林复苏进门时气喘吁吁，呼吸间都能感觉到嗓子眼里的血腥味。

温奶奶正后怕地站在门口，看见林复苏回来，便急忙上前拽过她的胳膊："小苏啊，你妈妈这病情反复得越来越频繁，是不是不能再让她这样留在家里？刚才邻居都过来问了，还以为是出了什么事情，我这也不好解释。你说……"

看见好好坐在沙发上的妈妈，林复苏努力平静："让您费心了。"

温奶奶年纪大，电话里说不清重点，先前只说她妈妈闹着要从窗台上跳下去，硬说林复皎在底下喊她，怎么劝都劝不听。温奶奶无奈，和她讲不通道理，只能死拽着不让人真跳下去，也是因为这样，邻居以为这边出了什么事，差点儿就要报警。

"苏苏，"这时，沙发上的女人抬起头，露出一丝迷茫，"你回来了？"很快，她又疯癫起来，指着温奶奶，"她是谁？她是哪里来的？为什么她会出现在我们家？"

女人手腕上的青筋都暴出来，声音也尖锐凄厉，听得瘆人。

"妈，您冷静一会儿。"林复苏握着她的手，不厌其烦地又一

135

次介绍，"这是温奶奶，我最近在外边上学和兼职，没多少时间回来陪您，温奶奶是我请来照顾您的。"

"你不要和妈妈说谎，兼职？你才多大？"女人似乎停在了过去的某一年，即便林复苏早已长大，甚至比她都高了不止一个头，但在她的眼里，林复苏还是那个小小的女孩子。

"说谎，说谎……"

提到这个词，女人好像突然被魔住了。

好不容易平静了一会儿，女人再度疯魔，她不断重复着："说谎，你在说谎！林复苏，你在说谎！你在说谎！"

她叫到后边几乎失声："是你，是你害死了皎皎，你不是出去找她的。"

破碎的言语有如利刃，一刀一刀刺在林复苏的心上。她愣在原地，嘴唇颤颤，连眼睛都憋得红了起来。

"妈？"

女人哭号着要挣脱她握着自己的手："杀人犯，你是个杀人犯啊！救命啊，救命！"

这栋楼的隔音效果很差，加上先前这边的动静便已经闹得很大，不多时，楼上楼下又出来了看热闹的人。

林复苏顾不上收拾心情，勉强维持镇定："妈，冷静一下，事情不是您……"

"啪！"

136

林复苏的话还没说完，一个巴掌猛地甩在她的左脸。女人疯起来控制不住力气，没多久，林复苏的脸上就红肿了一片。她被打时正要说话，一时不察，牙齿磕到了嘴里的软肉。

林复苏咽下一口血沫。

再转过身，她的模样变得狼狈低落，声音里几乎是带上恳求："妈……"

女人的情绪总是一阵一阵的，此时发作完，又平静下来。先前的一切再度从她的记忆中消失，她重新变回平日里那个沉默寡言、只住在自己世界的女人。

她捡起先前被自己扔出去的枕头抱在怀里："皎皎，我的皎皎……"

林复苏垂着头站在原地，先前从秦路南那儿得来的好心情被破坏得连一点儿渣子都没留下。

温奶奶看见她这个样子，也心疼地叹口气安慰了两句。但到底是老年人，说来说去都是那些话，要她体谅她妈妈，说她妈妈不是故意的。

没有人不承认温奶奶的好意，只可惜林复苏并没有被安慰到多少。

体谅？

是她做得还不够吗？她还得做到什么地步才叫体谅呢？

末了踌躇半晌，温奶奶还是开口："小苏，不是我说，如果你妈妈一直这样……你也明白的，我年纪大了，很多时候磕着碰着也不算小事，你们家的事情我们家里大概晓得一些情况，儿子劝我不然别做了，你看……"

温奶奶是真心喜欢林复苏这个孩子，如果她家孙儿有林复苏一半的懂事优秀，她怕是做梦都能笑醒。可与之相对的是林复苏妈妈的情况日益糟糕，实在不稳定也不安全。

"我知道了，谢谢您。"林复苏说话间声音还有些哑，"但您能不能做完这个月，也给我一点找新人的时间？就当我求您了。"

做完这个月？可这个月才刚刚开始啊。

温奶奶犹豫了一会儿。

林复苏低着眼睛："奶奶，就当我求您了。"

灯光昏暗，但林复苏的眼神实在干净，透亮又温柔，带着点儿哀求似的意味看着你，哪怕是再铁石心肠的人，看见也会心软吧？

"唉，好吧。"温奶奶到底是不忍心，"哟，你脸上这个伤得上药吧？又肿又被挠出血了。小苏啊，疼不疼？"

疼不疼？

当然疼，每回被打、被责骂、被误会，她都很疼。

可又能怎么样？又不是喊声疼就会好转。

林复苏眼眶一热，抬眼时却笑着。

"不疼，谢谢温奶奶。"

温奶奶哪能不懂林复苏的心情？但她没有多说，只是摸摸她的头："刚才你妈妈把医药箱摔了，里边的东西被踩得七零八落，碘酒也洒了，没一样能用的。"

林复苏呆呆愣愣地看着屋内满地狼藉："是吗？"

也许是大脑为了自我保护而进行了一定调节，林复苏一下子失去了情绪和反应，变得麻木起来。

温奶奶又叹一声："我把房间收拾收拾，你出去买个药吧，这脸上不上药可能要感染的。"

"好，谢谢您。"

林复苏什么也没想，只是顺从地走出房门。又或者她早就想走出来，在她的妈妈说她是个杀人犯的时候，这间屋子她就已经待不下去了。

也是在出门对上邻居怪异眼神的时候，她才发现自己的身体有多僵硬，才发现自己不知从什么时候起，竟已浑身冰凉，连手脚都没有了知觉。

邻居见林复苏出来，也没多说什么，纷纷装作无事各回各家。

林复苏告诉自己，他们什么也不知道，什么也没听见。

就算这里的隔音再不好又能怎么样呢？不过能从门缝里传出隐约的声音，就这么点破碎的句子，难道能够让他们听清楚字字句句吗？

所以他们的眼神不是因为惧怕，他们和小镇里的人不一样。

林复苏保持着镇定和冷静下了楼，她在心里一遍又一遍告诉自己，不一样的，都过去了，现在是新的开始……

但在走出门口，看见闪烁的路灯和漆黑一片的长街、站在黑暗与光明的交界处时，林复苏还是有些恍惚。有那么一个瞬间，她以为自己回到了小镇中的那条巷子——每个放学时刻路过那条巷子，她都会被认识或不认识的同龄人围住。

他们交头接耳，所讨论的每一个话题里，主人公都是她。

"你们知道吗？一班有个嫌疑犯！"

"真的！她姐姐就是她杀的，我们那条街的人都知道……王婆亲眼看见的！"

"什么偷偷摸摸，人家可光明正大了！光天化日在天台上一把就给她姐姐推了下来，好多人呢，大家都看见了！"

无数的声音穿越了时间和空间飘荡到她耳边。

林复苏捂住耳朵却阻止不了那些流言钻进大脑，她咬着牙想要抵抗，嘴角都流出血，脑子里的声音却没有减轻半分。

"别说了，那不是我，我没有……"

林复苏喃喃着，脸色苍白得不正常，相较而言，被扇得红肿的地方便格外显眼。

"不是我，不是……"

林复苏忽然没了力气，她蹲在原地，抱住自己的膝盖，把头埋进手臂。

"不是……"

她喃喃念着，声音极轻，像是念给自己听的，生怕被人发现，生怕被人看见。

当秦路南拿着林复苏落在自己家的外套赶过来时，看见的就是这一幕。

在过来之前，秦路南给自己做了无数次催眠，对自己说，我才不是担心她，她有什么可担心的，她什么都会，什么都处理得好。我不过是怕她没有外套会冷，毕竟从开学到现在，我只看过她穿这一件，说不定她就只有一件，没有多的……反正我不是担心她。

"林复苏！"

然而在看见林复苏的这一刻，说着自己不担心的秦路南立马什么都忘记了，只剩下满满的急切。

他小跑过来蹲在林复苏身边，扶住林复苏的手臂："你没事吧？"

很奇怪，林复苏的体温向来偏高，这会儿却比他还要凉，冰块一样。

林复苏缓缓抬头，在她对面，秦路南狠狠倒吸一口冷气——这个冷漠的家伙是谁？她眼里的光和精气神呢？怎么都不见了？

过了好一会儿，林复苏才回过神，认出秦路南："你怎么来了？"

"我……"秦路南顿了顿，把手里的外套披在林复苏肩上，"我来给你送衣服。"

说完，他故意高昂着语气："怎么样，是不是还好我来了？看你这身上冰的，要冻死了吧！"

林复苏神情空洞，仿佛一只没有感情的仿真木偶。

当外套披在肩上的那一刻，她先是心底一暖，很快又生出一种前所未有的恐慌来。如果没记错，在那个时候，她也有这样一个朋友，对方也曾对她很好，但当流言蔓延小镇，那个朋友就离开了。

说是离开不准确，大概是为了不被当成异类，再后来，那个"朋友"甚至还成了编派她的人里边的一员。虽说直到现在，她也认为那个朋友不一定是讨厌她，林复苏明白，接近被欺负的孩子太冒险了，一个不小心就会变成下一个被排挤的对象，对方只是做了自保的选择。

可即便强迫自己去理解，林复苏还是很难过。

也是那个时候，林复苏才明白众口铄金和人心易变到底是什么意思。

"喂，你发什么呆呢？"秦路南对着林复苏摆摆手。

这时，街角的小店放起一首老歌。

"如果你也听说，会不会相信我，对流言会附和，还是你知道我还是我……"

林复苏一怔，望向声音来源处。

小店门口有路过的人跟着旋律轻轻哼，店老板也在做着自己的事情，对他们而言这不过是一首随便放出来的歌。林复苏顿了顿，但对她来说不是这样，这首歌曾经陪伴了她很长一段时间，她很喜欢。

秦路南听过她的故事，知道她过去发生的事情，秦路南说会保密，可秦路南的保密是出于好心，还是真的信她？

忽然有一辆车驶过，借着车灯照明，秦路南终于看清楚林复苏的脸，脱口而出："这是怎么回事？你被打了？谁打的你？"

"我……"林复苏艰难开口，"没什么。"

她低下头，又重复一遍："没什么。"

"你……"

联系到先前林复苏从他那儿离开时的那句"家里有事"，秦路南欲言又止。

如果是林复苏家里的问题，那他还真不是很好说什么。

秦路南试探着问："你要不要上点儿药？我去帮你买？"

问完之后，林复苏好半天不回话，秦路南又等了会儿，终于决定不等了，直接买回来再说。却没想到，他刚一站起来，身边的人就跟着起身。

林复苏拉住秦路南的手："等一下。"

有那么一瞬间，秦路南以为林复苏要和自己说什么很严肃的事情，严肃得他都不由得挺直了腰板准备认真听。但林复苏只是站了会儿，又看了自己一会儿，不多久就松开手。

"一起去吧。"

秦路南憋不住话："你刚刚是不是想和我说些什么？"

林复苏摇摇头。也许吧，她的确有话想说，但今天的她少了些勇气，除了废话和假话，什么都说不出口。

所以她否认："没有。"

接着，林复苏转移话题："不要这么突然站起来，你这样子很容易头晕，站起来也不要立刻走动，缓一缓会好很多。"

她勉强扯出来一个笑，本意是希望秦路南放松些，不要再用这样担心的眼神看她。但这个笑实在太过僵硬，林复苏刚刚笑完就意识到，于是立刻平复了嘴角。

林复苏将先前发生的事情一笔带过："吓到了吧？其实没什么事儿，一点意外，擦个药就好了，应该不会留多久的痕迹……"

然而这样的话，比起宽慰人，更像是掩饰。

"林复苏。"

秦路南叫住她，叫完就哑了，纠结半天，只是上前给了她一个拥抱。

"我不会说话，很多时候想安慰人却总是适得其反。"秦路南想了想，"所以我就不说了，但你别这样。"

林复苏好不容易才将心底翻涌的情绪压下去，却被秦路南这一个拥抱弄得眼泪差点儿决堤。

林复苏一下子生出了种冲动，将先前想问又不敢问的话问出了口："你相信我吗？"

这个问题没头没尾，秦路南却听懂了。很不可思议，可在这个瞬间，从来不懂得察言观色的秦路南居然奇妙地读到了林复苏的心思。

"我信你。"他答得肯定。

没有迟疑，不经思索，却并不显得敷衍。

林复苏鼻子一酸，先前沉重的心情却因为这三个字好了一些。

从过去到现在，她一个人跌跌撞撞走了太久。

在路上，她看见了许多事，遇到过很多人，也受了很多伤。她起先想要安慰，却因为那份期待而摔得更疼，所以她学着不再期待，学着让自己平静下来。

她做得很成功，成功到她几乎骗过自己，直到刚才。

直到刚才，她才发现，自己或许一直没有放弃过那份期待。

而在秦路南斩钉截铁的一声"相信"之后……

她等到了。

2.

令狐齐飞终于明白了女生们在想些什么。

这还得从他潜心研究季思雯在社交软件上的动态说起。

当时刚过午休时间，有男生看见令狐齐飞抬头时的表情，一脸好笑地敲他的头："怎么回事兄弟，终于被雷劈傻了？"说完又耍宝地眺望远方，"我瞅着也没下雨啊，昨天劈的？"一指他的脑袋，"哈哈哈，这儿延时了是吧！"

男生的声音有些大，季思雯刚刚睡醒，闻声趴在桌上转了转头。

眼看着就要和自己在意的女生对视，令狐齐飞一把打开边问"该不会真傻了吧"边要来探他额头的男生的手，一脸惊恐道："你别过来啊！"

"这么大反应干什么？吓我一跳！"男生推了他肩膀一把，径直走回了自己的座位。

令狐齐飞已经没有心情去管男生了。他偏头去看秦路南，不料秦路南没看见，倒是看着了林复苏的背影。他往后靠了靠，换了个角度，正巧看见两个人说说笑笑的模样。

虽然林复苏是女生，但他俩站在一起，那不是铁血兄弟情吗？有啥好嗑的！他一定是受了季思雯的影响，误解了南哥和"林哥"纯洁的革命友谊，一定是！

最后一排几个人靠那儿聊天："那傻子敲啥呢？"

徐晨伟看得有点儿意思，奚落道："还能是怎么，终于发现自己脑子不好使，准备自己试着开窍了呗！"

"可人家的成绩前十啊！"

徐晨伟暗暗骂了一句脏话："那是他碰着了，不就前十嘛，你们等着，我这回保准进！"

男生们互相放肆吹着牛，又忙着互相拆穿，一时间也聊得热热闹闹。

直到上课铃声响起，他们才终于收回了自己旺盛的精力，回到各自的座位。

踏着铃声，黄老师抱着教案走进教室，满脸是笑，头发也梳得一丝不苟。

一进来就是"上课，起立，老师好"的一套流程，这回流程走完他也不调侃大家午睡没睡饱声音这么小了，而是直接宣布："过两个月，在寒假之前我们会有一次省级的数学竞赛，有兴趣的同学可以报名！大家都知道，我是教语文的，数学这东西我也不太清楚，从年轻的时候啊，我的数学就不好……扯远了，总之拿不拿名次不要紧，大家重在参与嘛！"

说着，黄老师高兴地一仰头，这一下动作太大，差点儿没把他那头油光发亮的假发给掀下来。

"不过我对大家还是很有信心的，我们班这个底子，一试是妥妥的没问题，我个人是鼓励大家都报个名，万一拿了名次，你们看，多好啊！个人也荣誉，班级也荣誉，学校也荣誉，到时候可就是学校沾你们的光了，想一想，威不威风？"

黄老师朝蒋梦甜招招手："学习委员来拿一下表，下课以后大家想报名的可以来填，填好了明天上课之前交给我。"

蒋梦甜拿到以后，第一眼就往林复苏和秦路南那儿瞅了一下。

要说比赛，大家就是奔着名次去的，重在参与不过是一句安慰的话，但有这两个人就不一样了，要是他们俩报名，剩下的人就当真变成了"重在参与"。

既生他们何生我啊！

蒋梦甜在心里哀号一声。

瞟一眼报名表，秦路南歪歪头，明显很感兴趣的样子。

秦路南好像很热衷于这些比赛。林复苏这么想，不只是省级竞赛，学校里举行的小考也是如此，就连辩论，他也积极参加。

又或者他喜欢的不是比赛，他在意的是比赛之后获得的那些名次？

想到连续两回和自己考试一分不差，拿到成绩后气到嘟嘴的秦路南，林复苏不禁失笑——还是小孩子吗？什么都要比个高低？

果然，还没下课林复苏就接到了来自秦路南的挑战信。

说是挑战信，其实不过一张从草稿本上撕下来的小条子。

趁着黄老师在黑板上写字不注意的时候，那团字条在空中划出一道完美的抛物线，最后准确地落在林复苏的书桌上。

林复苏展开，看见字条上字迹清秀：比一比？

她抬头，对上秦路南挑衅的笑，无声做了个口型回复："比就比。"

秦路南从衣袖里伸出一根手指头，对着她点点头，又把这根指头伸直，在自己喉咙上干脆利落地划了一下。做完这套威胁的动作，他心满意足地把指头缩回了温暖的衣袖。

顾及着秦路南的面子，林复苏不敢直接笑出声，她只得保持严肃，直到秦路南转回头去，才放任自己的嘴角上扬。

刚才的秦路南让她想起小浣熊。

一遇到敌人或者危险就张开手举到头顶，以为这样可以让自己的体形显得庞大从而吓退敌人，却不知道落在人类眼里，这样的动作……

"噗！"林复苏越想越忍不住。

真是过分可爱！

这天下课，谢小冬又跑上楼来，但在教室里却没看见秦路南。

"你问南哥？"令狐齐飞不以为意，"和林复苏下楼买水去了。"

谢小冬皱眉："可是南哥不是都喝保温杯里的温开水吗？"

"好像是说今天的水太烫了，去买个矿泉水兑兑。"

谢小冬："但教室后边有饮水机啊。"

"你什么时候看见南哥喝过饮水机里的水？"

作为学校里的"风云人物"，秦路南是出了名的娇气难搞，在那些被列举出的条例里，有一点就是说秦路南看不起饮水机的桶装水，大家都喝得好好的，只有他嫌桶装水不干净。这一点倒是对了一半，秦路南确实不喝那个，可那是因为很多时候饮水机没热水，并且有时候大家喝完了会忘记叫水，得等到第二天，秦路南被弄烦过几次，索性每天自己带。

只不过这个解释没人听。

"哎，往边上站点儿。"

令狐齐飞原先投放目光的地方被谢小冬挡住，他抬起眼睛摆摆手，顺手把谢小冬往边上一拉。

没有了阻碍，他的目光又落回原来的地方。

前边季思雯正在和蒋梦甜分一包辣条，令狐齐飞吧唧嘴，他其实很少吃这些小零食，但是看见她们吃得那么香，忽然觉得自己也想吃。

谢小冬再次开口："可是……"

可是秦路南的水都是保姆准备好的，他大概知道一些，负责照顾秦路南的那个保姆很负责，做什么都力求精准，简直像个机器人，而且那个保姆已经在秦路南的住处做了许久事情，对他的习惯和要求都很熟悉……如果真是这样，他的水又怎么会带烫呢？

"有什么好可是的，不就是一起去买个水嘛。"令狐齐飞瞥了谢小冬一眼。

在他看来，谢小冬的执着和纠结才叫人不解，又不是多大的事情，朋友一起去个小卖部，谢小冬至于这副表情吗？和个被抛弃的怨妇似的。

谢小冬欲言又止，最后实在忍不住，还是又多嘴一句："可是飞机哥，南哥和你一起去过小卖部吗？"

令狐齐飞一拍胸脯："我南哥要买什么还用去小卖部？就算要去，不也该是我帮着带吗！"

令狐齐飞说得极其自然，一点儿也不觉得别扭，不止不别扭，还觉得跑腿是一件光荣的事情。说完，令狐齐飞看见谢小冬脸上更纠结了，他也愈加不解。

令狐齐飞挠头："不是，这……南哥去个小卖部，又不是去联合国开会，这是一件多大的事儿吗？"

至于他这么紧张兮兮的？

谢小冬垂下眼睫，过了会儿才露出一个浅笑："也许是我想多了吧。"

令狐齐飞爽朗大笑，在谢小冬胳膊上一拍，拍出一声脆响："那绝对是你想多了啊！"笑完他连着又是一拍，"虽然我也不知道你在想些什么。"

谢小冬不动声色地站远了些。

令狐齐飞也懒得再理谢小冬，他继续望向那包辣条，而这时，蒋梦甜也注意到那道直勾勾投向自己这个方向的目光。

蒋梦甜一招手："吃吗？"

她一说话，季思雯也跟着转过头来。

不过这么一件小事儿，比秦路南和林复苏去小卖部买水的事情还小，令狐齐飞却莫名其妙因为这个红了脸。他磨蹭了会儿才站起来，挺大一只走过去蹲在季思雯桌子边上，乖巧得像只金毛。

令狐齐飞矜持地捻了一根辣条。

"谢谢。"

"甭客气，我看你往这儿探头探半天了，多大点事儿啊！"蒋梦甜豪爽地把剩下的半包都塞给他，"吃吧！"

令狐齐飞只觉得羞愤。

顶着两个女生大方的眼神，他举着半包辣条，吃也不是，还回去也不是，犹豫了很久才转头问季思雯："那你还吃吗？"

季思雯先是一愣，接着笑笑摇头："她还有的。"

被这么个笑给晃了眼，令狐齐飞傻乐着就回了座位，他捧着半包辣条，如获至宝，连半路"劫道"的都被他给用手肘捅了回去。虽然收获了一堆"小气""吝啬鬼""当代葛朗台"之类的人身攻击，但令狐齐飞觉得很值。

许多年以后再回忆起这天，令狐齐飞还是会想起这种说不清道不明、脚底轻飘飘的感觉。他诗意又抽象地想，谁说年少时期的悸动一定要是酸酸甜甜的草莓味呢？它明明也可以是辣条的味道。

望着沉浸在自己世界的令狐齐飞，谢小冬没有再叫他。

谢小冬只是望向教室门外，好像是在等一个人回来。

当秦路南的身影出现时，谢小冬的眼睛短暂地亮了一下，但也就是那么一下，谢小冬的眼神又黯了回来。

似乎是秦路南的头发上沾了什么东西，像是叶子，又或许只是一个小毛球，林复苏叫停他，凑近将东西捻下来，然后举到秦路南面前晃晃。秦路南见状也只是笑，半点儿没有因为这个亲昵的举动而露出猫科动物被侵犯领地时的不快表情。

怎么，那份不快是对他特供的吗？

谢小冬嘲讽地想。他低下头，眼神晦暗，不知道在想些什么。

3.

自从林复苏接任了秦路南家的大厨之位后，秦路南肉眼可见地精神好起来。只不过秦路南并没有辞退先前的那个保姆，林复苏也问过他为什么，毕竟在林复苏看来，在同一件事情上花两份钱没必要，再有钱也没必要。

而秦路南神秘兮兮地对她说："有必要的，能买监视我的人一个安心。"

很奇怪，秦路南好像对自己的家人很有戒心，林复苏想，但明明听说秦路南的家人对他很好，要什么都满足的那种好。大概是里边有什么弯弯绕绕吧？毕竟传言实在没有那么可信。

秦路南没有多说，林复苏便也不多问，她尊重秦路南的秘密，以报答他愿意同样尊重自己。

这天，林复苏按照惯例做完了吃食，打包了先前保姆做的滋补饭菜又要回去，秦路南却忽然叫住她："林复苏。"

"怎么了？"

林复苏停下换鞋的动作，走回沙发边上。

　　今年的冬天好像来得格外早，初雪在秋末就下过了，秦路南怕冷，住处的暖气总是很足，屋内外温差极大，每天回来都能看见窗户上蒙着层白色雾气。

　　望着沙发上缩成一团的人，林复苏忽然想起先前发生过的趣事。

　　前段时间总下冻雨，秦路南每天都把自己裹成个球，但即便如此他还是会冷。有一次，放学时被风一吹，他整个人打了个哆嗦，下意识走在后边要拿林复苏挡风。

　　林复苏当时觉得好笑，她假装并未察觉，走在前边老老实实当一块人形挡风板，没想到只走了几步，后边忽然有人把围巾绕在她脖子上。可能是没给人系过围巾，明明是很温暖的举动，但林复苏差点儿被勒死，她一口气没喘上来，咳嗽着回头，脸侧碰到秦路南的手指，冰块一样，低眼一瞧，秦路南的十指指尖冻得通红。

　　好心办了尴尬事儿，秦路南也有点蒙，他没话找话："今年冷得好快啊。"

　　林复苏松了松脖子上索命的围巾，把它取下来，又系回秦路南的颈上："是啊，好像昨天秋天才来，今天就入冬了。"

　　比起秦路南那吓死人的温柔，林复苏的动作很轻。

　　她把秦路南围得严严实实："不过，冬天来得早的话，明年的春天也会早早到来的。"

　　寒风中不想消耗过多的体力，在林复苏为他整理衣服的时候，

154

秦路南乖巧不动弹，只一双眼睛亮得如同傍晚时分天边出现的第一颗星星。

"是吗？"秦路南笑笑，呵出一团白气，"我很喜欢春天。"

在过去，林复苏对四季无感，没有特别偏好，春夏秋冬在她看来不过是气候不同的反复循环，但那一刻她忽然回忆起过往每一个春天里遇见过的美好事情。

于是，跟着秦路南一起弯了眼睛，说："我也是。"

"林复苏？"

秦路南坐在那儿玩小猫，他抬了抬眼："你在发什么呆？"

"没什么。"林复苏的眼神柔和，"想到一些开心的事情。"

秦路南歪了歪头，但没有多问。

怀里的小猫在他的腿上踩来踩去，另外几只在纸盒里闹腾，新买的玩具却被冷落在一边。秦路南撇撇嘴，心说这真是现代版买椟还珠。

"马上就要年末了，明天元旦放假我要回家，你也可以休息两天不必过来。对了，你们家里是怎么跨年的？"

"我们家？"林复苏顿了一下，"我们家……和大家一样，没什么特别的，看看晚会，吃顿好的。"

其实不愿意对秦路南说谎，但相比起来，林复苏更加不想如实回答。

她总不能告诉秦路南，放假在家，尤其是临近年关的冬天是自己最害怕的时候，因为林复皎就是在这个时候离开的。她怕妈妈听见新年钟声，听见别人家的晚会音乐，回头看着自己这张脸想起姐姐，然后发病，把整栋楼的邻居都闹过来，最后变成大家的笑话。

　　还有，她家也没有电视。

　　"这样啊。"秦路南若有所思地点点头，"你喜欢过年吗？"

　　不喜欢，林复苏心说，说不喜欢不准确，应该说是厌恶和畏惧。她害怕在那个时候其他的屋子里都传出欢声笑语，而她要面对的却是截然相反、令人绝望的东西。

　　这样显得她很可怜。

　　但面对被毛绒团子包裹在中间、微仰着头看向自己的秦路南，林复苏仍是笑笑："嗯，你呢？"

　　"我？"秦路南随手拿着个小玩意儿逗猫，"我很喜欢，如果不用回家就更喜欢了。"

　　又活过了一年，这是好事，可惜回去那栋房子，让他的好心情打个对折。

　　"天都黑了，快回去吧。"秦路南在生活里有些懒，不爱动弹，这回却下了地要送林复苏到门口。

　　林复苏都有些受宠若惊起来。

　　"你坐着就行。"

156

秦路南懒得言语，只是跟着她走过去。

奶团子们伸个懒腰，跟着秦路南一起走到门口，一路上浩浩荡荡，林复苏都不由得生出错觉，以为这并不是一个简单的送别，而是她难得幸运，亲眼见证了森林里的大猫是如何领着一群小猫巡视领地。

在秦路南慵懒的目光下，林复苏慢吞吞换好鞋子。

"那我走了？"

"嗯。"秦路南轻应一声，也不知道从哪儿掏出个小袋子，"新年快乐。"

林复苏一愣。

这是新年礼物？秦路南还给她准备礼物了？

头一回给人送东西，还被人傻愣愣望着不接，秦路南也有点儿尴尬，他佯装不耐烦："拿着啊。"

林复苏赶忙双手接过，接完才想起来说话："那，谢谢？"

顺利地送出了礼物，秦路南心情好转回来："嗯，知道了。"

"按照流程，这儿不应该说不客气吗？"

秦路南"啧"一声："这难道不是你应该谢的？毕竟我送了你礼物。"

林复苏也不再逗，认真地点头："你说得对。"

"回去吧。"房门打开，屋内的暖气跑了出去，有阵阵寒风灌进来，秦路南小小打了个寒噤，对林复苏摆摆手，又重复一句，"新年快乐！"

将手中的小盒子攥得死紧，林复苏几乎是倒退着走。

目光所至，秦路南裹着毛绒睡衣站在那儿，笑意轻软，他身后是温暖又明亮的光，腿边上有几只小猫轻轻蹭他，干净又美好。

"新年快乐。"林复苏道。

也许新年也没有那么可怕，至少她又熬过来三百多天，在此之外，还收获了一个惊喜。

这么一想，新的一年好像也很值得期待。

第八章
小少爷的礼物

　　好想回去找小猫，至少小猫需要他，哪怕他坐在那儿不说话。

Zao zao chun

1.

那份礼物是一支钢笔和一盒彩墨。

当林复苏回到家中，为妈妈热完饭菜，收拾好厨房、洗完手之后，她做的第一件事情就是回到自己的房间，在台灯下小心又仔细地拆开两只盒子。林复苏的动作温柔又虔诚，好像手里并不只是一份简单的礼物，她屏住呼吸，连包装纸都撕得又轻又慢又完整。

花了好多时间，她才看见细长盒子里边的那支笔。

黑色的，没有花纹和装饰，看起来十分简单却又不失精致，握在手里，手感意外地好。

而另一个盒子里装了好几瓶墨水，林复苏就着当下的心情挑了一瓶上进钢笔，在本子上随便画了几道，想了想，又写上三个字。一笔一画之后，笔记本上赫然出现了"秦路南"。

这瓶墨水的名字叫"阿帕奇晚霞"，一个很好看的橙色，用来写字会有一点渐变，像烧得正好的太阳一般热烈，和秦路南给人的感觉并不算太搭，却是秦路南最喜欢的一瓶。也是不久之前，林复苏才发现他喜欢收集彩墨。

当时林复苏在秦路南的住处和他一起写作业，那天的作业不多，两个人也没别的事情可做，秦路南逗了会儿猫，忽然想起什么，跑进房间拿出一个盒子。盒子里有各种蘸水笔、钢笔，接着就是各色不同的彩墨和一些水彩颜料。

"其实小的时候，在我还活蹦乱跳到处蹦跶的时候，我也是很喜欢打篮球的。"秦路南前一句还介绍着分层色，后一句便开始了回忆，"但后来出了点儿意外，为了能好好活着，我不方便再那么胡乱蹦跶。"

他轻描淡写，林复苏却想起军训时在操场上脸色苍白的秦路南，一阵后怕。

"有一段时间我很自闭，谁也不理，谁和我搭话我都不回。他们大概是怕我出什么事情，于是到处帮我找有意思的东西，想让我把兴趣转移到可以安静坐着的事情上，让我培养出新的爱好。我当时虽然难以平复，却也因为这个有点儿感动，所以配合了一阵子。"

秦路南慢慢将自己的收藏品一件件从盒子里拿出来，摆了满满一书桌。

"他们起先找了老师在家教我，但老师说画画这种东西是需要比较的，如果要好好学，最好是去画室。那个老师人很好，也很负责，可惜我并不是真的要好好学画，我只是需要一个东西转移注意力，我家里的人也这么想，加上他们并不放心我在那个时候出去，所以我就这么过上了在家瞎涂的日子。"

那些颜料和彩墨大多只是开了个封，没怎么用过，林复苏拿起来看一眼就放回去。

"逛画展、看理论书籍、读画史，除了手上功夫不到位，玩了一年还是会拿油画布来画水彩，一边浪费画布，一边浪费颜料之外，我好像也真的慢慢在这里边找到了乐趣。"秦路南说着，略作停顿，"可惜后来我发现他们好像也不是真的那么关心我，而我最初试着接触画画，其实不过是为了让他们别那么担心。"

秦路南的声音低落下来："刚刚萌生的乐趣还没长大，就这么又被掐死了。"

林复苏轻轻拍拍秦路南的肩膀，无声地安慰着他。

"其实没什么，那是很久以前的事情，那个时候我还小呢，现在我都长大了。"秦路南缓了缓，"我刚才说乐趣被掐死了，真讲起来，我的乐趣死得也不那么彻底。我还是很喜欢这些东西，虽然不怎么用，但我真的很喜欢。你看，这些颜色是不是很好看？唔，这么看，看不大出来。"

"去接点儿水。"秦路南指着桌上的笔洗吩咐林复苏，在她接完水端回来之后，秦路南拿出一张半透明的纸和一支蘸水笔，一个个地给林复苏展示，"这些墨水在瓶子里和在纸上的颜色是不一样的，写在硫酸纸和巴川纸上尤其明显，你看。"

那瓶墨水叫"祖母绿"，在瓶子里是沉静的墨绿色，画在纸上却是似蓝非蓝似绿非绿的特殊颜色，干了以后不止有异色金粉，周

162

边还留下红色笔痕。

秦路南满意于林复苏的惊讶："是不是很有意思？我有时候会想，这些颜色和人很像，你不能光凭瓶子就做出判断，说它是怎样怎样的，那一点儿都不准。"

秦路南放松地半趴在桌子上，一手稳着纸，一手的虎口处没留意沾上了些彩墨的颜色，无害得像只小猫。

"是啊。"林复苏望一眼桌上的一瓶瓶墨水，又望一眼秦路南，"光看瓶子，确实看不准。"

"其实刚刚开学的时候，我不太喜欢你。"秦路南又开口，"我明明有这么多彩墨和颜料，也知道颜色需要试了才能知道，可我还是会犯这样的错误。"

林复苏一顿。

所以他是觉得讨厌自己是个错误吗？很别致的夸奖。

秦路南静静地说："这个时候再想想那些讲我坏话的人，就不会那么难以接受了。"

他的语气很平，和先前说自己"小时候出了一点儿意外"的语气一样，半点波澜都没有。但听上去，还是叫人有些心疼。

大概是意识到自己的情绪低落影响到了身边的人，秦路南很快又笑笑转移话题："你喜欢这些彩墨吗？"

"嗯，它们很好，虽然今天之前我都不知道这些。"

说是爱屋及乌，恐怕也还没到那个地步，林复苏分不清自己是不是因为秦路南而喜欢上这些丰富的颜色，但现在她确实很喜欢。

这些东西真是很有意思。

说话时，林复苏的模样真诚，而这份真诚成功逗笑了秦路南。

"我就知道你也会感兴趣的！"秦路南开心地比了个"嘘"的手势，"不过不要告诉别人，我不想被别人知道。"

有风吹动窗帘，林复苏望向秦路南的眼神晃了晃，许久才笑着回答："好。"

当时，秦路南介绍完了那些颜色，又将它们一瓶一瓶收回了盒子里。他好像只是单纯地在介绍和展示，并没有要和林复苏分享它们的意思。

书桌前，林复苏对着眼前的笔墨出神。不只是那个不想被别人知道的秘密，秦路南这是连着自己的宝贝一起分享给她了啊。

没来由地，林复苏脸上微微发热，她站起又坐下，高兴得做了一堆没有意义的动作。

末了，她拍拍自己的脸，翻过一页，郑重写下：谢谢，我很喜欢。

写完之后，她换了几个角度拍了几张，选了一张自己感觉最好的，发给了秦路南。

秦路南没多久就回过来消息，是一个很简单的表情包，那是秦路南自己拿家里的小猫做的，图片上圆点奶猫打着哈欠张大了嘴，下边的配字是"知道了"。

好好好，她也知道了，毕竟秦路南送了她礼物，这是她应该谢的。

大概是这份礼物带来了好运，这一回，林复苏的妈妈少见地没有在这个时候犯病。

不止没有发病，她还难得清醒了一天，陪着女儿吃了一顿跨年饭。虽然是简单的小菜和汤，但在听见妈妈对自己说"新年快乐，又长大一岁了"的时候，这份难得的平静祥和还是叫林复苏满足得鼻酸。

她在心里偷偷将这份幸运算在了秦路南头上。

当晚跨完年，她回到房间，握着那支笔，在窗边对着远方的烟花许愿。她想，如果能一直这么下去就好了。

2.

同是跨年夜，花园别墅比别处更加热闹。

这儿有几户很喜欢办派对，欢声笑语和音乐总是不绝于耳。

秦路南却只感觉聒噪。

"哥哥，你是不是不喜欢那边的声音？"秦佑安迈着小短腿跑过来。

秦佑平脸上的表情与他如出一辙："我们去叫他们停下来！"

"不用。"

不止那边的声音，你们也很吵，家里也很吵，你们能让整个世界安静下来吗？如果不可以，你们能保证自己安静一点儿也行。

"那哥哥你吃苹果吗？"秦佑平肉乎乎的白嫩小手上举起一只苹果，在被无视后，又举起另一只手，"不吃苹果，那樱桃呢？"

秦佑安也跟着举起两只手："或者巧克力和棒棒糖？哥哥一定想吃巧克力和棒棒糖！"

面对两只努力讨好自己的可爱粉嫩小团子，秦路南并不领情。

"我只想要安静。"

"啊，安静……"秦佑平转向秦佑安，一脸确信，"我明白了，哥哥还是想要我们去隔壁叫停他们。"

秦佑安把巧克力和棒棒糖往桌上一放："我们这就去！"

秦路南头疼地一手一个捉住他们的后衣领："回来！"

两只团子本来就人小腿短，这下被站起来的秦路南扼住命运的后颈，一下就被勒得喘不过气，可即便如此他们还是不喊不叫乖巧回头，两双水灵灵的大眼睛直勾勾地望着秦路南。秦路南松开手，把他们放下来。

他语气生硬："不用过去。"

秦佑平不解："可哥哥不是说想要安静？"

秦佑安补充："连吃的都不要，只要安静。"

秦路南一时语塞。

他想要开口，但面对两个小孩又不知道该怎么说，最后只得放弃解释："算了，我先回房间，等会儿吃饭再来叫我。"

秦佑平乖巧点头："好的哥哥，我们……唔？"

秦佑安捂住他的嘴巴，只一个劲儿点头，点完还转回向秦佑平比手势说"嘘"。秦佑平很快理解了他的意思，也不需要别人了，自己很快把自己捂得严严实实。

没多久，秦路南就看见两个弟弟齐刷刷地朝自己小鸡啄米似的点头。

他被逗得一个没忍住笑出声来，两个小孩儿唰一下眼睛就亮了，好像对于自己逗乐了哥哥这件事情很得意。

自以为掌握了取悦哥哥的技巧，秦佑平和秦佑安更加用力地点起头来，由于点得太快，两个人还差点儿头朝下栽在地上。

秦路南吓得连忙把两个弟弟扶起来，他原本想教训一下他们，说小孩子不能这么剧烈快速地点头否则会危险，但余光一瞥，管家明显看见了刚才那一幕，正匆匆走来。管家的目光全在两个小孩子身上，脸上满是关心，不经意抬头发现自己在看他，便又露出紧张的表情。

差点儿忘了，他们好像不需要自己来担心。

秦路南面上的笑意渐淡，原本搭在秦佑平和秦佑安身上的手也收了回去。

"我上楼了。"他心口发闷，"以后不要做这种没有意义的动作。"说完，他转身就走，半点儿没在意被自己留在身后的人。

不管是管家，还是两个小孩。

167

秦路南的房间很大，空空荡荡，他没有开灯，径直走向窗边。

外边很热闹，楼下也很热闹，即便是走廊上也有跑来跑去"哒哒"的脚步声，一听就是那两个小子。他们好像很喜欢学他，从小就是，他曾经有段时间身体很虚弱，养病时只能坐轮椅，秦佑平和秦佑安见状，便也闹着要爸爸妈妈给自己也买一个。

当时秦路南坐在轮椅上，看着两个蹦来蹦去的小孩子一边一个晃着妈妈的手，嘴里不住撒娇"要嘛要嘛，我也想要那个"，真是想起来都讽刺。

秦路南背靠着玻璃窗，沉默地低着头站在那儿。外边很冷，屋里的暖气却足，窗户上有一层薄薄的白色水汽，他一靠，便沾在了衣背上。

房间里温度很高，秦路南只穿了单衣加一件薄外套，感觉到背后潮湿，他往后一摸，立马便皱了眉要去衣橱那边换。

衣服刚刚脱到一半，门就被敲响了。

"哥哥，哥哥吃饭了！"

"哥哥我们来叫你啦！"

秦路南一个晃神，衣扣便缠在自己的头发上，他烦躁地抬手去解，却越解越紧。

"哎，哥哥不让我们说话的！"

"对哦，嘘……可是这要怎么办？哥哥也叫我们叫他吃饭。"

"对哦，咦，那我们静悄悄地敲门吧？"

"嗯嗯，你真聪明！"

聪明个什么？谁不让你们说话了？还静悄悄地敲门？

现在的小孩子脑子里都装的什么东西？

秦路南解头发解得一肚子火，慌忙中扯掉了好几根头发。

不远处传来规律的敲门声，秦路南却顶着一脑门汗没空也不方便这么过去开门，门里门外三个人都焦急起来。

"怎么办，哥哥是不是睡着了？我们要进去吗？"

秦路南一愣，最好不要！

"不行，哥哥会不开心的，哥哥不喜欢我们没有经过允许就进他的房间。"

"那怎么办啊？我们小小声叫他一下？"

还什么小小声？你们说话的声音都顶得上喊了，谁还能听不见？

秦路南也不想两个小家伙等太久，他顶着一头乱发，干脆到书桌边上抄起剪子剪掉了衣服上的扣子。

又拨弄一阵，秦路南终于把它摘下来。

头皮被扯得发疼，秦路南又揉了一阵，他动作飞快地换了衣服，刚刚走到门口就听到另一个声音。

是妈妈在问两个小孩子在做什么。

"我们想叫哥哥下去吃饭。"童声清脆又乖软，叫人听得心都化了，"可是哥哥好像睡着了，没有听见。"

秦妈妈顿了一下："你们先下去，我来叫哥哥好不好呀？"

"嗯！"

两个小孩异口同声，和来时一样，又踏着"哒哒哒"的节奏离开了。

门外，秦妈妈轻轻敲了一下门："小南，是有哪里不舒服吗？"

秦路南握着门把手的手紧了一下，过了会儿，他打开门。

"妈。"

"小南。"秦妈妈满脸担忧，"怎么了？要是有什么事情一定要告诉妈妈好吗？"

秦路南抬起眼睛，想说什么，末了却只点点头。

"我没事儿，刚才……刚才我没听见。"

秦妈妈一顿，好像忽然明白了什么似的，她妆容精致的脸上闪过一丝尴尬，不露痕迹地快速往秦佑平和秦佑安离开的方向一瞥。

这个家里的所有人都觉得他讨厌那两个弟弟，就连他的亲生母亲也这么认为。不过也没错，他本来就不喜欢他们，他为什么要喜欢他们？

秦路南本就没有表情的脸上又多了几分冷漠，他一瞬间没有了吃饭的心情，可偏偏妈妈用这样愧疚和痛心的眼神在看他。

在心里叹了口气，秦路南再一次服软："妈，不是要吃饭吗？"

"对，你瞧我这记性。快下去吧，今天炖了鸽子汤。你学校离家远，平时老也不回来，妈妈也不知道你怎么样，最近学校里有什么有趣的事情吗？要不要和妈妈说说？"

有趣的事情吗？好像除了养猫和认识林复苏之外就没有了，可这两件都没什么好说的。

秦路南一如既往的惜字如金，餐桌上也依然是清汤寡水，比起沉默的秦路南，大家的注意力更容易被两个闹腾活泼的小团子吸引，更何况这个年纪的小孩子正是可爱的时候。秦路南低头喝一口汤，他坐在席间，可每到了这个时候，都错觉自己是外人。

秦佑平和秦佑安随便说点儿什么大家便被逗得大笑，虽然秦路南没见过别人家的相处方式，但他也知道这才是正常的。不像他，他只要稍微开个口，大家就一脸鼓励、认真地要听他说，弄得和什么似的，每个人都不自在。

秦路南低头一噎。

所以啊，这份热闹里有没有他都一样。

清汤温补，清香扑鼻，秦路南却食不下咽。

好想回去找小猫，至少小猫需要他，哪怕他坐在那儿不说话。

3.

短暂的元旦假期很快结束，再回到学校，大家都精神饱满，只有几个同学一脸没睡醒，明显假期这几天过得过于"充实"。

"你怎么脸色这么难看？回家这几天没休息好？"

林复苏靠在秦路南桌边。

秦路南神色恹恹："嗯。"应完又补充一句，"我在看以前的竞赛题划考试区间，大概看了一下有哪些点比较重要，刷了几天例题。"

林复苏微顿，笑着拍他肩膀："这么迫不及待要赢过我吗？"

"现在知道怕了？"秦路南眼睛一抬，眸色清亮眼尾微勾，看上去漂亮得不像话，"和我打了赌还不做准备，是想输得难看还是瞧不起我？"

"你怎么知道我在家就没刷题呢？"林复苏一挑眉，"不过身体要紧，该休息的时候还是得休息，毕竟身体更重要，你说是不是？"

秦路南愣了愣神，好像想到什么，但他很快又勾勾嘴角："这点我比你清楚。"

清楚是一回事，害怕是一回事，努力准备竞赛又是另一回事。

秦路南比谁都更明白自己的身体状况，也比谁都更珍惜生命，但他毕竟还有想做的事情，他要证明自己的存在是有价值的，这一点在他的心里和命一样重要。

知道秦路南不爱听唠叨话，再说下去他就要烦了，林复苏点到即止。

"南哥早啊。"这时，令狐齐飞打着哈欠走过来，"对了南哥，你怎么昨晚上四点还在回我消息？你不睡觉的啊？"

四点？

林复苏眉头一皱，秦路南的身体状况经得住这么熬夜吗？

秦路南若无其事地反问道："你不是那个时候发消息给我的？"

"那能一样吗？哪个休息日我不是打游戏打到通宵？"令狐齐飞又是一个哈欠，打完嬉皮笑脸凑过来，"难得放松嘛，是不是啊？"

秦路南似笑非笑："通宵打游戏的人问我怎么不睡觉？"

令狐齐飞哑巴了一会儿："这，我……"

"行了。"秦路南懒得再和他说，随口转移话题，"你起床没洗脸？"

"当然洗了！"令狐齐飞一拍胸膛。

秦路南在自己的嘴角点了点。林复苏顺势看过去，还真在令狐齐飞嘴角看见一点干了的牙膏沫。

秦路南："那这是什么？"

令狐齐飞擦了一把："什么？南哥你是不是在唬我呢？哪儿有东西？"

林复苏轻咳一声："牙膏没擦掉。"

很多男生所谓的洗脸就是捧着水往脸上拍几下，看来令狐齐飞也不例外。

要是放在以前，令狐齐飞顶多拿手背蹭蹭，但今时不同往日，他先是慌张地往前边座位看看，在确定他想看的人还没来之后，立马拔腿往男厕所跑。

然而墨菲定律总喜欢在这个时候起效，令狐齐飞因为跑得太快，冲出教室的时候差点儿撞着人。

还好季思雯反应快，猛地退了几步。

令狐齐飞一怔。

望着突然捂脸做娇羞状的一米八猛男，季思雯无比疑惑，这是怎么了？

　　

"所以你昨天为了刷题熬到四点？"林复苏问道。

"我没注意，要是看了时间，我不会熬得那么晚的。"秦路南轻描淡写，"不过应该也没什么，又不是每天都这个点儿睡，难得晚睡一次，不打紧。"

"可……"

秦路南打断她："怎么，你就没熬过夜吗？行了别说了，今天我想喝鸡汤，和上次一样拿板栗炖就好。"

林复苏默默叹一声。

又来了。

每回碰上不想听的，秦路南就开始转移话题。

"那我中午去买板栗？"

"不用。"秦路南掏出手机，"材料我会叫阿姨准备好，放学以后你人过来就行。"

明明是很正常的对话，哪一句单拎出来都没有不对。

秦路南给阿姨发完消息，对上前边几个女生的目光，顿了顿，又想，应该没有不对吧？

为什么她们会用这种眼神看自己？虽然没有什么影响，但这种被触及到了知识盲区的感觉真是叫人不爽。

"好。"林复苏说完还是没忍住，"今晚别弄太久，好好休息吧，你看你这脸色……"

随着林复苏的讲述，前排的女生们和打了鸡血似的，耳朵几乎要竖起来。秦路南一时间没注意林复苏说了什么，只是敷衍地"好""嗯""知道了"地回应着，脑子里却纳闷儿地想着，她们那么小声在讨论什么呢？怎么说一句往这边瞟一眼，好像说的东西和他们有关似的？

"你到底有没有听我说话呀？"

脸上的软肉被一只手轻轻揪住，秦路南抬头就看见林复苏一脸无奈地捏着他，在这一刻，女生们的鸡血值达到了顶峰。

秦路南一蒙。

他依然不知道她们到底在想什么，虽然直觉告诉他有些事情最好不要深究，但也偏偏就是这时，秦路南脑子里有电光一闪，他福至心灵地从林复苏捎他脸颊的动作里，察觉到一点儿从前没注意过的暧昧味道。

秦路南瞬间清醒，在反应过来的同时下意识就要拍掉林复苏的手，顺便发作一句"女孩子不要随便摸别人的脸"，但在触到林复苏含笑的目光时，秦路南愣了愣。他罕见地红了耳朵尖尖，林复苏见状歪歪头。

"你怎么这副反应？"

秦路南干咳一声："没什么，你……"他比画一下，"你头发长长了。"

林复苏摸了摸已经长到肩膀的头发，爽朗地笑笑。

"之前一直没时间管，过段时间去剪了。"

"别剪了，挺好看的。"

林复苏一愣，几乎以为自己听错了："什么？"

秦路南转过脸，佯装若无其事："没什么。"

林复苏微顿，又摸了一下自己的头发，心脏微微跳得快了几拍。

今天的课业依然紧张，老师们并没有因为今天是短暂假期结束后的第一天就放松一些。

不知道是不是因为这几天没睡好，秦路南一整天都是精神不佳的状态，甚至放学回家时出电梯的脚步都有些不稳。

"你没事吧？"

秦路南摇摇头，表示自己没有问题，可事实上并非如此。

或许这副身体真的不能承受连续熬夜，加上在家里他心情不好，总是憋闷，今天他感觉心口发堵，原以为睡个午觉休息会儿会好一些，但睡完午觉非但没有好转，反而头脑发昏。秦路南喜欢逞强，在学校总强撑着，撑到现在，终于整个胸腔都有些刺痛。

"我……"

站在门口，秦路南刚刚掏出钥匙，忽然一阵眩晕。

钥匙掉在地上，发出清脆的碰撞声。

秦路南只模模糊糊听见耳边好像有人慌张地在叫自己的名字，他虽然听不清，但也知道那是林复苏，毕竟身边只有那个人。

这个状态很奇怪，说意识不清却也还能分析，秦路南想着，既然还能分析，那应该也不是什么大事。

正要安慰林复苏说自己没什么，秦路南张了张嘴，还没来得及发声便坠入无边黑暗。

他就这么晕了过去。

第九章

她好像回到了过去，
回到那地狱般被人误解
却求辩无门的年岁里。

　　这好像是一句未完的话，又好像
已经表达了许多东西，在表达之外，
有什么顺着话梢蔓延开来，在空气里
弥漫了一整个夜晚。

Zao zao chun

1.

"又是长假啊？真不是我说，秦路南这才是真的人狠话不多！那句话怎么说来着……"徐晨伟打了个响指，语气戏谑，"只要胆子大，天天放寒假！"

一群男生聚在后门叽叽喳喳。

林复苏坐在自己的座位上，微微低着头，面色阴沉。

那天的场景直到现在想起来依然令她心慌。

前一刻还好好的，下一秒钟，秦路南便在她面前昏倒，怎么叫都没有反应。她整个人都蒙了，几秒之后才想起来打急救电话。

第一回是小时候跌落天台的林复皎，第二回是莫名疯了到处摔东西的妈妈，第三回就是昨天，因为秦路南。林复苏坐在救护车上时，感到了一阵巨大的恐惧，比起军训时的意外慌张了不知道多少倍。

她对救护车几乎算得上是有阴影，因为她最在乎的两个人，在上来之后，一个永远地离开了，一个变成行尸走肉，结局都不好。她很害怕，怕秦路南也有什么意外。

好在边上的护士见她精神状态不对，安慰了她几句，林复苏才勉强冷静下来。可当她颤抖着手给令狐齐飞打电话让对方帮她联系秦路南的家人时，令狐齐飞的反应又把她给吓了回去。

后边的事情，林复苏不太清楚，她只来得及等到令狐齐飞带着一位叔叔过来，就因为妈妈的事情被温奶奶叫回了家。

那一整天她都过得恍惚。

在家里安抚完了妈妈，当她再打电话给令狐齐飞，也只得到一些没用的废话。

她早有预料，令狐齐飞不会把秦路南真正的病情透露给自己，就像令狐齐飞说的，秦路南不希望她知道。

林复苏的心越发地沉，她不是不能理解秦路南隐瞒自己的缘由，这是一道伤口，没有人会愿意把自己的伤口扒给别人看。

但她就是觉得心底不畅快。

心有不快，却又无处发泄，又是担心，又是恐惧于失去，林复苏从来没有觉得日子这么难熬过，甚至比先前更加难以忍耐。

"说真的，要是可以，我还真想和秦路南请教一个请假秘诀！你们说，人家是怎么一张嘴就小半月的？"

"什么小半月啊？这你们就不懂了吧！以前他初中的时候还一次性请过小半个学期的假呢，那还是初三！老师们说什么了？啥也没说直接给批，牛不牛？羡慕不羡慕？"

"有钱人家的世界，吾辈真是不懂。"

这时，人群里一个男生默默出声："可他成绩也好啊，成绩好的，老师不都会有偏爱吗？"

徐晨伟又开始了阴阳怪气："喊，要我家有他家一半有钱，那个成绩我也能拿到啊！人家从小到大讲究和接受的可都是精英教育，咱们和他怎么比？我……啊！"

他正说着，脸上就一痛。

"干什么，无缘无故打人，你……林复苏？林复苏你疯了？"

林复苏眼睛通红地又在他身上打了几下。

林复苏打得没有章法，打人的时候也不说话，只是一下下捶着，但每一下都带着狠劲儿。虽说是女生，但她个子高，从小做惯了力气活儿，又爱运动，这一发起狠来，还真没几个人制得住她。

令狐齐飞买完零食回教室，手里的零食还没放下就看见教室后边围着一堆人。

"这干什么呢？"他一脸吃瓜的表情往里边探头，憨憨发问，"打架啊？都谁啊？"

边上的男生"嘿"一声："好像是林复苏和徐晨伟。"

令狐齐飞一惊："啊？他俩怎么打起来了？"

"不知道，刚才还好好的，林复苏忽然就从座位上起来往后门冲……啊，对了，徐晨伟刚才讲秦路南坏话来着。"

"什么？"令狐齐飞把零食往男生怀里一塞，撸着袖子就往人群里冲，"给你飞机哥一个位置，让我也发挥发挥！"

男生目瞪口呆。

不是，这怎么忽然就演变成群架了？

"哎……"

令狐齐飞正要冲进去，一个没留神撞到身边的人，季思雯低呼一声就要摔倒，还好撞到她的人眼疾手快回身拉了她一把。

"那个，不好意思啊。"

明明被撞到的是她，眼前的大男生却比她还紧张，像一只摇着尾巴干着急的巨型金毛，光会绕着人转……

还怪可爱的？

"你没事儿吧？我……我撞疼你了吗？"

季思雯捂住被撞到的胳膊，摇头小声道："不疼的。"说完，她往人群里看一眼，"你别过去了，以前你打架都有'案底'，要是再被抓住，真要记过的。"

"那哪成啊！"令狐齐飞大义凛然，"那可是我兄弟！"

前一秒还义正词严，下一秒就被人从后脑勺上呼了一巴掌。

黄老师："还兄弟？还兄不兄弟？"

令狐齐飞一时哑然，季思雯见状偷笑。

班主任都来了，他当然也就没有发挥的机会了。

人群最外一层见着黄老师，忙冲着里边喊："都让让，让让！老班来了！"

说是打架，但在人群散开，两个当事人被拉开之后，饶是令狐齐飞都不由得倒吸了一口冷气，这简直就是一个单方挨打啊！虽说徐晨伟那鼻青脸肿的样子看得人爽得牙都痒痒,但这……也太惨了。

令狐齐飞满意地为他感叹一声。

反观林复苏，她只是衣服和头发乱了点儿。

在被黄老师叫出去时，令狐齐飞抓住机会凑近林复苏对她比了个大拇指。林复苏余光一瞥看见冲自己挤眉弄眼比手势的人，差点儿没笑出声。

然而，黄老师忽然转头，林复苏也很快将自己的笑收回去。

这是好好学生林复苏有史以来第一次因为劣迹事件进老师办公室。

"说说吧，怎么回事。"

黄老师平日里和学生们打成一片，笑着的时候远比不笑的多，这还是林复苏第一次见到他表情这么严肃。

徐晨伟因为伤得严重，先被送去了医务室上药，现在是上课时间，办公室里，除了两个这节没课的老师之外就只有林复苏和黄老师。

林复苏抿了抿唇，没有回答。

"怎么，这就没话说了？"

"是我先动的手。"

黄老师也没料到林复苏开口就是这一句："那原因呢？打架归打架，总得有个动手原因吧？"

"是。"林复苏垂着眼睛，"但没什么好说的。"

黄老师一时无语。

林复苏平日里待人温和又有礼貌，和谁都相处得很好，成绩也是没得说，他向来喜欢这个学生，此时却被林复苏弄得又气又想笑。

"什么叫没什么好说的？你知道按照校规这么做是要记处分的吗？"人心都有偏爱，黄老师虽然喜欢林复苏，但这么个情况也不好太过偏袒，"你家里的情况我知道一些，你是个懂事的孩子，性格也没这么冲动。"

他说着，略作停顿，继续问道："今天这是怎么了？"

林复苏睫毛一颤，终于有了一丝犹豫。然而她并没有回答，而是略带担忧地问："徐晨伟伤得严重吗？我是不是要赔很多钱？"

黄老师差点儿被气得厥过去。

"我……"

"报告！"办公室门口，令狐齐飞动作强硬地扯着一个男生跑过来。

黄老师转头，看见是令狐齐飞，更头疼了。

"你怎么过来了？现在不是上课时间吗？你这是翘课知不知道！"

令狐齐飞直愣愣地解释："黄老师，我这节课请假了。我来是有原因的！打架这件事情不能都怪林复苏，她打人也是有原因的，这是我不在，要我在那儿，动手的就是我了！"

合着这还是件值得骄傲的事情？

黄老师气得差点儿想骂人，然而那边的二愣子完全不会看人脸色。

令狐齐飞叽里咕噜就开始解释起前因后果。当然，令狐齐飞的解释是带有感情色彩的，在他的描述里，徐晨伟简直是一个无恶不作的小人，而林复苏之所以出手，是因为满满的同学爱和见义勇为。他将事情描述得和小说一样精彩，连黄老师都听得一愣一愣。

好家伙，写作文的时候敷衍了事，碰到这种事情倒是开始展示文采，每句话都用上了修辞手法。

等到令狐齐飞终于缓一口气，黄老师想要说些什么时，那傻子又拉住身边的男生："黄老师您可能不信我，所以我带来了证人！"

男生弱弱地点头："黄老师，是这样的，是徐晨伟先说的秦路南坏话。"

黄老师顿了顿："可就算是这样，也不能打人，不然校规摆在那儿是干什么用的？"

虽然知道是这么个理儿，但令狐齐飞梗着脖子不服气："可校规解决不了问题！"

"校规解决不了，打架能解决？"黄老师又开始生气，"你们这样的思想是错误的！"

令狐齐飞满口歪理却偏偏理直气壮："我知道这么说不好，但我就不信您读书的时候没遇到过这种事情！那些嘴里到处跑火车给人造谣的人会怕什么校规？哪条校规管讲人坏话？这个倒是没有实质性伤害，但人言可畏您也知道啊……那我们找不到其他的办法，用自己的办法解决问题又怎么了！"

他说着说着，表情还有些委屈。

黄老师一边被他气到心梗，一边差点儿就被他说服了。

然而不管怎么样，事情还是要按照章程办。

末了，令狐齐飞大手一挥，帮林复苏赔了徐晨伟的医药费，而几天后林复苏接到了学校的通报批评，白纸黑字贴在公告栏上。而在公告栏的旁边是一张红榜，上边表彰的"三好学生"里头一个就是林复苏的名字。

两张榜单并在一起，像一出诙谐的讽刺喜剧。

放学后，令狐齐飞抓着林复苏来到公告栏前。

对着那张白纸，令狐齐飞一顿拍，边拍还边啧啧感叹。

站在边上的林复苏默默把校服拉链拉到了顶端，领子竖起来遮住自己小半张脸。

这是什么好事情吗？

为什么要拉她下来拍这种丢脸的东西？

林复苏表情扭曲，半晌终于忍不住问出口来。

而令狐齐飞一脸激动："什么丢脸？哪儿丢脸了？这才是青春啊，你看！"

"这才是热血的青春！彰显了哥们儿之间的义气！"令狐齐飞

越说越亢奋。

"啧啧啧，这一行行一列列，这写的……这哪是批评啊？我得帮你做个留念，嘿嘿！"

林复苏："……"

有的时候，林复苏真的不懂令狐齐飞到底在想什么。

2.

秦路南再来上课时，已经是新学期开学后的一阵。

因为养病，他错过了那个自己准备了许久的竞赛，不是不遗憾的，尤其是在看见林复苏发来的奖状和奖杯照片时。

秦路南有些不快。

【秦路南：在炫耀吗？】

【林复苏：是在分享。】

当时，秦路南坐在病床前握着手机微怔住。

【林复苏：其实有几个点我先前没复习到，要不是你把自己的笔记给我，我未必能拿到第一，所以这张奖状也不该只属于我一个人。】

很奇怪，明明知道这家伙更大的可能是在哄他开心，但他还是被哄到了。

林复苏可能不太清楚，他每回参加比赛是怎样的心情。

不是为了荣誉，不是为了看自己有多大的能力，秦路南就是做给别人看的。说来肤浅，但他就是想活成别人眼里的第一，就是想证明自己有多优秀。

第一名不是他而是林复苏，如果是在以前，秦路南会很失落，因为那张奖状上、那座奖杯上没有他的名字，这是一次失败的证明。

但这次他望着手机轻轻笑了。

【林复苏：对了，你是不是还在休养？少看手机，我不打扰你休息了。】

发完这条，林复苏又发来一张照片。

照片里阳光明媚，矮墙上有一只胖乎乎的流浪猫惬意地趴着，在它的背上落了一片叶子。

【林复苏：刚才路过这儿随手拍到的，今天的天气真好啊！好了，这回真的不打扰你了，好好休息。】

病房里，少年的皮肤白得近乎透明，只嘴唇上有一点淡淡的颜色。下午有阳光从窗外洒进来，薄薄几束照在白色的棉被上，秦路南伸手，接住一道暖阳。

他轻轻笑，终于将目光从一片苍白上移开，望向窗外，看着沐浴在冬阳里的小鸟儿和它的伙伴打着旋儿嬉戏，一会儿绕圈从树梢间飞过消失在他的视野里，一会儿又绕回来停在电线上，低着头啄自己的羽毛。好像是麻雀，胖嘟嘟的。秦路南想，还真是好动，即便是停在电线上都不安生，跳来跳去的。

但确实很可爱，还有，冬天的阳光真是招人喜欢，单是看着都叫人觉得放松。

秦路南靠在枕头上，微微弯了眼睛。

是啊，天气真好。

今年的冬天只下了小雪，开春就消融，没留存多久。

最近高一的学生都在讨论文理分科怎么选，但一班风平浪静，大家差不多都定好了，全员理科生，没什么好选的。

走在秦路南身边，林复苏为他拢了拢围巾。

秦路南之前请的假很长，一班的进度又快，导致他落下许多功课。秦路南偶尔会来问问林复苏，但那只是偶尔，大多数时间都靠着自己生啃，好在他的理解能力强，自学也不多费劲。只是很奇怪，按道理秦路南家条件不错，应该会给他请家教才对，但秦路南的家里好像根本没有这个意识。

"就算我想请，他们也不会同意，本来也没人指望我拿个好成绩。相比起来，他们好像更希望我每天好好躺着，按照他们的想法调理休养，哪怕我因此变成个废人。"

相较于大多数家庭的望子成龙，这是林复苏第一次听见这样的家人要求。要说秦家对秦路南不重视连她都不信，可若非如此……那就是秦路南的身体真的已经差到秦路南的家人只要求他活着的地步了？林复苏乱七八糟地想。

沙发边上，秦路南边说边将习题册又翻了一页，翻页时他瞄一眼林复苏:"怎么这个表情?"

林复苏顿了顿,故作轻松:"没什么,想到一些事情。对了,先前发消息你都说在医院,现在身体怎么样?好些了吗?"

"没好我能出院?"秦路南摸过一张草稿纸,"不是什么大事,老毛病了,偶尔过去住住检查检查而已。"

"那晕倒也是家常便饭?"

秦路南一顿,眼神怪异地望向林复苏:"怎么可能?谁会动不动就晕倒?只是我不能太过疲劳而已,你想什么呢?"

秦路南的语气太过于理直气壮,倒是弄得林复苏一时语塞。

"其实我大概能猜到你在想些什么,关心人也不必那么迂回。"秦路南继续道,"我身体上这个问题的确没有自己说的这么乐观,但看你这表情……也绝对没有你想得那么严重。"说着,他放下笔想了想,指指自己的心脏,"没什么不能说的,这儿有点毛病。"

按照令狐齐飞的说法,秦路南对自己的病情极为避讳,林复苏也理解,不好戳人伤疤,只是每回碰见秦路南出意外难免担心,难免想要知道自己担心的人究竟是怎么一回事。既想知道又不想问,交替着在心里来来回回,即使是林复苏也处理不好这个矛盾。

"严不严重不好说,幸运的话还能活很久,万一不行碰着了,一闭眼的事儿,可这么讲起来谁又不是呢?人人如此。毕竟意外说不准,从这个角度想,那我和其他人也没有不同。"

秦路南说得平静,甚至没有停下在草稿纸上演算的手,他的每

190

一步依然精确，好似对此浑不在意，可真是这样吗？

他真的不在意吗？

林复苏不敢问。

"不过话说回来，还是有些差别的，尤其是看见你们拍着篮球进教室或者在操场上一圈一圈跑步的时候，那种感觉尤为明显。"

秦路南笑了一下，他望向林复苏，眼睛里有微弱的光："还真是羡慕你。"

林复苏忽然就不知道该说什么。

秦路南半蹲下来，刚一动作，身边两只小猫就将他当梯子，扒着他往上爬。爬到桌面，小猫蹭蹭秦路南的手背，又乖又软，满是亲昵和依赖。

秦路南也顺势揉揉小猫，一人一宠之间好似有无限默契。

"其实我也很羡慕它们。"林复苏突然开口。

秦路南一愣，侧目时看见林复苏轻笑，跟着摸摸小猫的头。他没有追问，林复苏也没有解释，这好像是一句未完的话，又好像已经表达了许多东西，在表达之外，有什么顺着话梢蔓延开来，在空气里弥漫了一整个傍晚。

当令狐齐飞知道秦路南和林复苏说了自己的身体问题之后，他整个人都惊了。在他匮乏又夸张的想象里，这无异于歃血为盟，毕竟他们和谢小冬玩了这么久，谢小冬也不过就知道秦路南体质不好这一点。

像是一个节点，令狐齐飞高兴于又有了新的好兄弟，每天乐呵呵找着玩的人又多了一个。甚至有一天晚上他还做了个梦，梦见他们三个进了一片桃子林，出来时已经换了称呼，一口一句大哥二哥三弟。

随着天气渐暖，时间一点一点过去，到了暑假前，他们俨然有了铁三角的架势，倒是楼下的谢小冬上来找他们的次数越来越少。

秦路南发现了这一点，但他并不在乎，令狐齐飞则是大大咧咧、不以为意，而林复苏本来和谢小冬就不熟，更不会有多少感觉。

大概真是秦路南给她带来了好运，在认识秦路南之后，林复苏便感觉周边的一切都在朝着好的方向发展。

妈妈的精神状况自过年到现在都很稳定，温奶奶也没有再提出离职，她顺利申领到了助学金，加上爸爸每个月打来的生活费和她在秦路南那儿兼职的工资，除开生活所需之外，竟然有了富余。虽然没有多少，但这是这么多年来林复苏第一次手里握有闲钱。

将它们规划好，林复苏计算着给秦路南送一份礼物。

不能全部花掉，毕竟还需要应对不时之需。

但要买那份礼物，也不需要多久，等这个暑假过完应该就差不多了。林复苏细细算着，小小的屋子里，因为想要节省电费没有开电风扇的女孩儿被热得差点儿烤熟，可她一边随手将长长的头发扎起来，一边还是笑得很开心。

可惜意料之外的事情太多，草稿纸上永远也算不到。

3.

长夏炎热，树上蝉鸣声不绝于耳，大家听了一整个假期。

原以为高中生活已经定型，简单的人际关系、繁杂的课业，一些烦心琐事和一些小小惊喜，可林复苏还是想得太单纯了些。

这天中午，她和秦路南还有令狐齐飞三人自图书馆回来，一路上总有人对他们指指点点。她觉得奇怪，倒是令狐齐飞张开双手，母鸡似的见怪不怪护着秦路南，还偷偷和她挤眼睛，小声说可能是南哥又帅了一点儿，旁边偷看的人都变多了。

林复苏闻言笑笑，内心深处却隐隐不安。

秦路南和令狐齐飞可能没有注意，但刚才她转身时，对上一个女生惊恐的目光，尤其是看见她回头，那女生吓得小跑离去。林复苏能够确定自己不认识她，那份惊恐来得莫名其妙，可她很熟悉。

这样的情绪，她太熟悉了。

但不可能，这里是闵华，这儿不一样……

"是不是她！"

不远处有男生控制不住音量，林复苏望过去时恰好看见对方指向自己的手。

这回连令狐齐飞也感觉到了不对劲，他皱着眉走过去："干什么？没人教过你们随便指人不礼貌吗！"

那个男生油得很，这会儿也不硬碰硬，只是阴阳怪气动了一下手指："哎呀，手不听使唤。"

令狐齐飞刚要发火，就被油滑男生拍了一下胳膊。

"不过哥们儿，你胆子挺大啊？"男生嬉皮笑脸。

令狐齐飞又气又不解："什么胆子大？"

男生若有所思地在他和林复苏中间打量一圈："你不逛贴吧和校园墙吗？"

有人的地方就有八卦，人越多，八卦传得越快。

尤其是在校园里，越大的事情越多人感兴趣，不管真假，吃了瓜再说。

回到教室，顾不上同学们的异样目光，令狐齐飞赶忙摸出手机搜索，不一会儿，他便瞪大了眼睛："这……"

秦路南动作迅速地捂住令狐齐飞的手机，转向林复苏："别看了。"

然而这时已经有几个平时玩得好的同学过来，他们小心翼翼地和林复苏打招呼。

"不是，那个……是真的吗？"

是真的吗？

真的吗……

一瞬间，林复苏头晕目眩。

她好像回到了过去，回到那地狱般被人误解却求辩无门的年岁里。

看见那个帖子的第一眼，林复苏便怔住了，极大的恐惧感将她平日里积攒起来的自信消解得一干二净，她的背脊和手指都开始发冷，耳朵和眼睛自动屏蔽了外界的一切事物。也许对于很多人来说这不过是个热闹，是闲暇时的谈资，但对于当事人而言，当无法面对的过往再被提起，比起解决办法的理智思维，总有不安和恐慌先入为主。

"不会吧……"

角落里，有人看见林复苏的反应，难以置信地小声感叹。

如果说那个帖子上有鼻子有眼的描述占了五分，那么林复苏听到这件事情的反应就占了剩下的五分，而他们也从半信半疑，变成了坚定相信。

秦路南厉声道："不会什么呢？这么大的人了，没有自己的判断力吗？"

看见失魂落魄的林复苏，站在一边的蒋梦甜也觉得心里不好受。

她也听说了这个传闻，但她从头到尾一个字都不信。比起那些所谓"别人口中的林复苏"和她的"过往"，她更愿意用自己的眼睛去看。

于是，她出声附和："就是，你们和她同班这么久，难道不知道她是什么样的人吗？"

在一片细碎的讨论声里，秦路南拧眉，一字一顿掷地有声："人家说什么就信什么？出门的时候家里没提醒你们带点儿脑子？"

在这样的情况下贸然对所有人开炮并不是明智的选择，但秦路南向来如此，什么都不管，只做自己当下想做的事情。

徐晨伟当属最高兴的吃瓜人："那如果不是真的，叫她解释啊！"

蒋梦甜都被他这小人得志的模样恶心到了："怎么又有你的事儿？"

"我说你和她什么关系啊？跳得这么欢？"徐晨伟无差别讨厌着站在秦路南身边的所有人，"人家让你帮忙出头了吗？"

蒋梦甜气结："你……"

这时，平日里总是安安静静，连说话都小声的季思雯挡在了她面前："你怎么能这么说？"

季思雯不会吵架，甚至不爱讲话，眼下即便气急了也只能发出这样不痛不痒的抗议。徐晨伟笑了一下，根本没在意。

这时，身边有几个男生附和徐晨伟的话：

"就是，帖子上写得清清楚楚的。"

"对啊，要是假的怎么不解释？"

"看她那被抓住了的表情，真是叫人不信都难……"

秦路南转身，眸色冷冷："又不是真的，凭什么要她解释？"

"未必吧。"徐晨伟抱着手臂，"你怎么就能确定这不是真的？你看那个帖子，那里边可有截图，多少老同学啊街坊邻居的说辞呢。"

令狐齐飞气得指着他："邻居的话那么可信？再说说了什么确凿的吗？啥也没说啊！"

"你……"

眼看着两个人又要打起来，僵住的林复苏却忽然有了动作。她动作匆忙地随便收拾了书包，抬眼时眸光灰暗，只来得及说一句"下午帮我请个假"，就夺门而出。

秦路南就这么看着林复苏跑出教室，身形瑟缩，和平日里判若两人。

这真的是林复苏吗？这是他认识的林复苏吗？

当年那件事……

真相到底是什么？

林复苏这件事闹得很大，学校撕毁公告栏上张贴的字报、联系网络删帖的速度不慢，可相比起来，舆论在学生中发酵的速度更快。虽然也有愿意站在林复苏这一边的，但学生里还是不认识她的更多，校内依然有不少相信帖子的人。

在林复苏请假回家后，学校在下午课间时特意为此插播了一则广播辟谣，要求这件事情到此为止，也说要彻查造谣者。

然而大家表面上不再提起，私下里却依然议论纷纷。

放学时，谢小冬沉默地收拾着书包，班上除了打扫卫生的几个同学之外都走得差不多了。

就在这时，一个人影呼哧带喘地跑进来，谢小冬只来得及抬个头，就感觉到自己的衣领被人一把揪住。突如其来的窒息感让他有一瞬间的慌神，但当他对上令狐齐飞那张气愤的脸后却诡异地又平静下来。

谢小冬没有再看令狐齐飞，倒是下意识地往他身后望了望，果不其然看见不远处抱着手臂一脸冷漠望着自己的漂亮少年。

"是不是你干的？你为什么要这么做？"

令狐齐飞又愤怒又失望，无论如何他是真心把谢小冬当成哥们儿的，谢小冬怎么能做这种事呢？

教室里的几个同学被这阵势吓得不敢动弹，还是秦路南过去拍拍他们的肩膀："有点儿事情要处理，麻烦回避一下。"

秦路南现在心情也不太好，脸色沉得吓人。那几个同学知情识趣，很快就离开了，在走之前还把门给他们带上。窗帘飘了两下便停下来，垂垂搭在窗边，遮住了一半霞光。

"我怎么了？"谢小冬的脸被憋得通红，他使了狠力气掰开令狐齐飞的手指，"你凭什么这么来质问我？"

令狐齐飞红着眼睛咬牙道："你还敢问我怎么了？谢小冬，老实说吧，林复苏那件事儿是不是你传出去的？"

谢小冬理理衣领："是我，那又怎么样？"

令狐齐飞被他理直气壮的态度噎得一哽："还真是你？你怎么能这样！先不说人家毕竟是个女孩儿，遇见这种事情受不受得住，但你……"

"那些事情是我编的吗？邻居的话和她过去同学发的那些东西是我伪造出来的吗？不是吧？"谢小冬面上镇定，然而说话时声音都在发颤，"那都是发生过的事情，是很早以前就发生过的事情，我为什么不能说？即便我真的犯了什么错，为什么不是林复苏本人来找我，而是你们替她出头？"

分明是他搅出这些风波，但当他用这样的姿态问出这些话，好像还是他受了委屈。

秦路南始终平静，没有大声、没有红脸，只是一双秀眉微微拧着，眸光冷彻能让你感觉到他的不快。如果是不熟悉的人，或许会觉得这和平日里的秦路南区别不大，一样的黑脸和不好接近，不过是程度高了一些。

但谢小冬却看出来，秦路南已经到了爆发边缘，只是他在隐忍，他也从来都很会忍，不会让自己的情绪失控。谢小冬隐约知道一些，如若不然，秦路南就会"发病"。

谢小冬不愿意将秦路南置于危险处境，却没想到他会为了林复苏气成这样。

秦路南开口："你有没有想过爆出来这样的事情会让她面临一些什么？"

谢小冬深深呼吸，许久之后才说："那你呢，你知道从以前到

199

现在，我跟在你身边遭遇过什么吗？"

红血丝爬上了谢小冬的眼球，藏在眼镜后边的一丝血色将他眸底的那份执拗放到最大，在那一瞬间，他想起这些年自己遇见的种种事情。

秦路南从来都是风云人物，不论是他的长相、他的性格、他的成绩、他的家世，哪一点拎出来都是大家热衷于讨论的话题，走在他身边是一件压力很大的事。和同样优秀且大大咧咧的令狐齐飞不一样，谢小冬平凡得丢进人堆里就看不见了，他没有那么好的成绩家世，外貌不出众，个子小，没力气，心思也敏感得不行。

按理来说，他不该接近秦路南，否则就等于将自己当成了活靶子，那些不敢找秦路南麻烦的人总会将不顺眼和坏脾气发泄在秦路南身边好欺负的人身上，哪怕他是无辜的，可谁又会在乎呢？连秦路南都不会为他出头。

他有时候也会想，自己是不是犯贱呢？明明大多数时候秦路南都把他当空气，他怎么就这么上赶着拿热脸去贴冷屁股？但偏偏在极偶尔的时间里，秦路南心情好了，会和他说两句话，就像放多了醋的鱼香肉丝里流露出的一点点甜。

谢小冬压抑到了极致："我一样跟在你身边，你什么时候正眼看过我？"

秦路南冷酷得像个机器人："我没有要你跟在我身边，谢小冬，你凭什么觉得我要为你的一厢情愿买单？"

话音落下，教室里安静下来，无人再开口。

　　前一秒还在委屈叫嚷的男生忽然沉默下来，他脸色发白，整个人都罩上一层灰色，雾蒙蒙的，哪怕是令狐齐飞都觉得他有点儿可怜。

　　男生好像想要反驳，可他嗫嚅许久，找不到可以反驳的话："可、可是……"

　　"我不知道你以前都在想些什么，也没有义务和心情知道。"秦路南自始至终冷着脸，连声调都没变过，"如果你做了选择之后觉得不甘心，那你可以反悔，可以不这么选，但你总不能在自己做了选择之后又强迫我来对你的选择负责，还为此牵连无辜的人。"

　　秦路南没有说什么重话，却比说了还要让谢小冬承受不住。谢小冬身上发热，很快出了一身的汗，黏答答的，连带着手心里都一片潮湿。

　　"我……"

　　秦路南看他的目光就像在看一个陌生人，报复的快感和即将失去的不安交杂在一起折磨了他一个下午，谢小冬一直在等着自己的最终宣判，可这和他想象中的不一样。他之前演练了很久，有一大堆想要吼出来的话，想让秦路南后悔对自己的忽视，可现在才发现自己有多可怜可笑。

　　"咦，班上怎么没开灯啊？"有人推门进来。

　　两个同学把灯打开，便看见一脸灰白的谢小冬。

他们吓了一跳："你没事儿吧？"

仿佛失了魂一般，谢小冬不知道秦路南和令狐齐飞是什么时候走的，等他出窍的灵魂再回到躯壳里，天边的最后一丝残阳也早被黑夜吞噬干净。他没有回话，只是背了书包往外走，他费了很大力气才进来闵华，但现在他真的很不想待在这里。

大脑开始不受控制地胡思乱想，记忆如同走马灯一样闪过，最后停在一个午后，时间已经过去三年，当时好像还是初一。

学校里他偷偷跟在自己关注许久的人身后，帮他捡起他掉落的钢笔，递过去时小心翼翼地搭话："我知道你，我觉得你和他们说的不一样，呃，我不是那个意思……我觉得你很好，你千万别在意别人说的那些！"

那人当时一愣，继而扬眉，阳光下他笑得恣意又耀眼，美好得不可思议，轻而易举便攥住所有人的目光。

秦路南从他手上接过那支钢笔："谢谢关心，我不在意。"

他在很久以前一个明媚的午后睡着，又在这样一个无灯的夜晚醒来。

谢小冬回忆着，忽然发现，自己真的做了一个好长的梦。

202

第十章
被回忆封存的真相

　　人类有的时候很奇怪，大家都怪你，你没有地方发泄，又不愿意平白无故受骂，久了之后，也只能跟着责怪自己，好像承受比反抗更舒服一些。

1.

　　耳边回荡着从小到大经历过的指责和辱骂，林复苏游魂一样回到家中，不久就在一片怔然里睡过去。她又慌又怕又不安，恶魔借机钻进她的梦里。林复苏将所有可怕的事情都经受了一遍，等再醒来，天已经黑了，温奶奶在外边敲门。

　　"小苏，你没事儿吧？还不舒服吗？"温奶奶很是担心，"要不要去医院看看啊？"

　　最近温奶奶家的儿子出差，媳妇陪着孙子参加露营，她一个人在家觉得空虚，加上林妈妈状态有所好转，于是偶尔也会在这儿过夜，而林复苏便住在秦路南家的客房。算下来，她这个星期回家的次数真是不多。

　　林复苏睡了很久，却比没睡之前更显疲惫。

　　她打开房门，温声道："没什么，睡了一觉感觉好多了。"

　　温奶奶眯着眼仔细看她："真的吗？年轻人可不要逞强，万一累垮了，以后多久都补不回来哦……"

　　林复苏笑笑："嗯，真的没事。"

　　她笑得勉强，好在温奶奶眼睛不好，除了弧度之外什么都看不

204

清楚。

"好好好，没事就好，那我先去做饭了，等会儿一起吃啊。"

"谢谢温奶奶。"

客厅里只亮着一盏瓦数极低的黄色小灯，林妈妈坐在沙发上，表情平静而空洞，她一门心思哄着怀里的旧枕头，口中哼着低到听不清的童谣。林复苏走到她面前，看了她许久，轻轻地叫了一声"妈妈"。

沙发上无人回应。

林复苏缓缓蹲下身子，趴在妈妈的膝头，如受伤的小兽一样，想依赖又不敢依赖，她希望妈妈能够看自己一眼，摸摸自己的头，又害怕惊醒了她，把事情弄得更糟。

"妈妈。"林复苏低声问，"我能躲到哪里去呢？"

你躲进了自己的世界，而我呢，我能躲到哪里去？哪里才能安静，哪里才能再叫我听不见这些我不想听的话？

"我真的……真的受不了了……"

林复苏哽咽出声。

中途，女人好像短暂地望了伏在自己膝上的人一眼，但她没有别的情绪，只是奇怪、只是陌生，好像在疑惑这个人是谁。她歪歪头，想不起来，索性不再想了，一门心思继续哄起自己怀里安静的"女儿"。

只是这个人好像很可怜，女人心生恻隐，摸了摸她的头。

林复苏浑身一僵，难以置信一般飞快抬头，这个动作显然吓到了女人，她赶忙收手，移开目光，嘴里嘟囔着听不清的童谣，没一会儿，眼神再度空泛。

她盯着的地方是墙角挂着的一本旧日历，九年前的旧日历。

而她的记忆，也永远停在了那个时候。

八岁的林复苏还是个什么都不懂的小孩。

没有什么"别人家孩子"的光辉标签，也并不那么热爱学习，比起枯燥的课本，她更喜欢打球、爬树、捉泥鳅，皮得像个男孩子。在那个时候，他们家只有一个"好孩子"——她的姐姐林复皎。

和常规有两个孩子的家庭一样，她们也打闹吵架，甚至在外边互相假装不认识对方，说话都带着挖苦讽刺。相爱相杀一直是她和姐姐之间的相处模式，至于什么"妹妹见不得姐姐好""姐姐太优秀了让妹妹嫉妒眼红"，其实都是外人的误解而已。

小孩子不在乎这些，觉得自己心里清楚就行，加上两个人吵架拌嘴的时候永远比和平相处的要多，有时候即便不生气也爱装作自己真的很生气，好像这样能让自己占有更多优势或者显得更酷，如此下来更是懒得和人解释。

直到那天下午放学，两个人一路斗着嘴回家。

林复皎伶牙俐齿，吵架时总是稳赢，而林复苏小时候嘴笨，被怼得毫无还口之力。

几番下来，回到家时，她眼睛都红了，只是靠小孩子的自尊心硬撑，倔强着不想让人发现才勉强忍住。最后实在憋不住，她只能吸吸鼻子背过身偷偷抹眼泪，也就是这么会儿，叫林复皎发现了她的委屈。

"哎呀，怎么就……姐姐说着玩的。姐姐错了，原谅我好不好？"林复皎见状连忙开始哄她。

林复苏闹脾气到处躲，不让她抱。林复皎无奈，哄了很久，又是说好话，又是摸出刚买的巧克力，折腾了小半晌才把妹妹哄好。

最近爸爸出差了，妈妈又要加班，姐妹俩得自己弄吃的。两个人写完作业，林复皎便开始准备晚饭，都要下锅了才发现家里只剩下了一点点盐。

"小苏，出去买包盐吧，楼下小卖部就有。"林复皎摸出自己的小猪存钱罐，"还好我还有一点积蓄。"

林复苏不服气："哪是积蓄，明明就是爸妈给你零用钱更多！"

林复皎眉头一拧："又想吵架了？真是的……巧克力还我！"

林复苏冲她扮鬼脸："吃都吃了，有本事你让我吐出来还给你啊！"

林复皎闻言，追上来就要打林复苏，但林复苏嘴上本事差，脚底可一点儿不含糊，她泥鳅一样滑溜地出了门。

邻居家有阿姨回来，听见她们吵吵嚷嚷，笑着摇摇头，心说这家姐妹真是冤家，每天一点儿小事都能打起来，怪逗的。

在阳台上看见妹妹乖乖进了小卖部，林复皎满意地露出个笑。

"跑得快有什么用，还不是得乖乖听我的？"

她哼了一声，转身又进了厨房。

而另一边，林复苏买完盐回来，正要上楼，却忽然看见一个眼熟的身影。

嗯？妈妈？

她觉得奇怪，妈妈不是说要加班吗？怎么这么早就回来了？还有，那个叔叔又是谁？

小小的林复苏不懂太多大人的事情，她觉得奇怪，于是就追过去，想确认自己有没有认错人，却不料追过去之后，看见自己的妈妈和一个陌生叔叔在树后接吻。

晴天霹雳都不过如此。

林复苏大惊，她捂住自己的嘴巴退后几步，接着慌忙往家里跑。

回到家后，她又是害怕又是着急，扯着林复皎便说出了自己刚才遇见的事情。闹腾归闹腾，但真的遇见了什么事情，林复苏好像也只信任自己的姐姐。

"怎么办啊，爸爸万一知道这件事怎么办？爸爸和妈妈会不会离婚？"林复苏慌得语无伦次，出了一脑门的汗，"爸爸该不会打死妈妈吧？"

都说小孩子不明白事儿，他们或许是不明白，但大人们之间微妙的关系和波动他们也能察觉出来。比如爸爸妈妈好像和以前不大一样了，他们对这些最是敏感。

"不会吧？不会的……"

林复皎其实也很不知所措，都是半大的孩子，能有多少办法？但是看着眼前无措的妹妹，林复皎强行镇定下来："没关系，你先别着急。"

她温柔地给林复苏擦干了额头上的汗。

接着，林复皎想了想："我先出去看看，你在家里等我。"

林复苏急得啃手指甲，她一个劲儿地点头："姐姐你小心一点，不要被妈妈发现了！"

"好。"林复皎说完便走出了门。

昏暗的傍晚，灯光下，女孩的白毛衣格外显眼。

林复皎先是往楼下走了几步，但又害怕被妈妈发现，想了想，她转身朝楼顶的天台走去。林复苏描述的那个地方,如果她没有记错，天台应该也能看见。

女孩踏着夜色，一步步走了上去，但楼下有树木遮挡，实在是看不清楚。她着急地往外爬了一段距离，扒在铁栏杆边上往外探了一点儿，又探了一点儿……

意外就是在这个时候发生的。

"啊——"

窗外先是传来一声凄厉惨叫，紧接着就是重物落地的钝响声。

林复苏很快意识到什么，她用最快的速度跑到楼下，那时楼底下已经聚集了不少人。大家指指点点，有人叫了救护车，妈妈很快也围过来，她惊叫一声瘫坐在地。鲜血从林复皎的身体里一股股渗出来，染红了那件白毛衣，也蔓延到林复苏的脚底，染红了她的小白鞋。

像是吓傻了，林复苏怔怔站在那儿，她脑子一片空白，眼睛里只看得见红色。

之后的一切就像是被一只无形的手按了快进。

因为林复皎的死亡，妈妈受了巨大刺激，每天以泪洗面、精神恍惚，偶尔还会把林复苏错认成姐姐。从前那个温柔的妈妈一日一变，最后成了泼妇的模样，而爸爸也在这日复一日的折磨里失去所有耐心，就此离开，去了别的城市。

警察来调查过，说林复皎是意外死亡，只是不知道她为什么会一个人爬上天台，调查时也问过当时在家的林复苏，只是一个字都没问出来。

她知道一切，可她什么都不能说。

小小的林复苏吞下了所有秘密，然而精神异常的妈妈却开始混乱地责骂是她把姐姐推了下去。她失常时闹得很疯，每句话都是吼出来的，即便是隔一条街邻居们都能听见。慢慢地，这些疯话越传越远，信的人也越来越多，直到最后，大家都将它当成了真的，开始怕她、恐惧她，同时也排挤她、厌恶她。

小小的孩子背负着流言一夜长大，林复苏忽然明白了许多东西，也忽然发现有好多原来觉得理所应当的事情一下子看不懂了，但她无人可说。在那段黑暗的日子里，周围人来人往，只有她身边空空，没有人相信她，一个人都没有。

仿佛又回到八岁那年，林复苏隔着时空和妈妈对视。

不是不恨的，如果那天她没有和别的男人偷情，事情也不会走到这个地步。可她的妈妈已经变成了这样，一切已经变成了这样。

所以林复苏不能质问她"那个男人是谁，为什么后来再也没有出现"，也不能对她说"你凭什么怪我，明明就是你害死了姐姐，是你自己"一类的话。

她只能把一切都藏进心里，只能照顾她的余生，还要替她承担着千万人言利箭。

"小苏啊，饭菜做好了。"身后传来温奶奶的轻唤。

林复苏深吸口气，睁开眼睛，她忽然好累，真的好累啊。

"温奶奶，您今天还在这儿睡吗？"

"没什么，你回家了也不方便，我等会儿就走……"

"不，不是这样。"林复苏强勾起嘴角，"天黑了，路上也不安全，您留在这儿吧。我今天回来得急，作业本让我同学从学校带出来了，正好现在去他那儿写写作业，晚上就不回了。"

温奶奶笑着点头："啊，这样吗？好好好……是你平时留宿在那儿的同学吗？"

"嗯。"

"唉，每天去人家那儿打扰怪不好意思的，这样，你带两个苹果过去。来，奶奶都洗好了的，直接拿过去就行。"

手里被塞进来两个苹果，林复苏鼻子一酸，再望向沙发上的女人，心里便不由得有些怨气。这原本应该是妈妈做的事情，应该是妈妈来嘱咐自己，可她什么都不知道，她只知道抱着枕头唱歌，日复一日望着那本九年前的日历。

林复苏深吸口气。

"谢谢温奶奶。"说完，她转身便走，像是在逃避些什么。

2.

当林复苏气喘吁吁跑到秦路南的住处时，秦路南正抱着猫发呆，听见门铃声响起，他都有点儿没反应过来。

两个人面面相觑，秦路南体温偏低，没有开冷气的习惯，这会儿被林复苏身上的热气一扑，他忽然就有些晃神。

"你吃东西了吗？"林复苏开口时声音微哑。

秦路南顿了顿："还没有。"

"好巧，我也没有。"

"那正好。"见她不愿提起，秦路南便也陪她演无事发生，"我今天想吃面条，冰箱里有做臊子的东西，应该够两个人吃。"

林复苏进门换了拖鞋，最亲人的那只小猫咪跑过来，在她腿上一蹭。虽然心情不算多好，但这会儿她还是有些惊喜，毕竟被猫咪迎接一向只是秦路南的专属待遇。

秦路南低头："它们大概以为你今天不会来了，这会儿看见你来，有点惊喜。"

"是吗？"林复苏自嘲似的，"还会有人因为我的到来惊喜？"

她似是随口一说，秦路南却认真起来："为什么不会？你那么好。"

一路跑来积攒的所有热气都在这一刻涌上眼眶，林复苏猛地吸了吸鼻子，她压下那阵热涌，用尽量自然的声音回应："谢谢。"

话音未落，林复苏便被迎入一个拥抱。很熟悉的拥抱，在以前的一个街角，他也这么安慰自己，也这样安慰到了自己。

水雾弥漫遮住了视线，林复苏差点儿就没忍住。她问："哎，还吃不吃面条？"

"吃。"秦路南犹豫了一会儿，在她耳边轻声道，"对不起。"

秦路南一向拎得清，也最讨厌将别人的错处揽归自己，会发生这样的事情他也不想，从某种意义来说，他是除了林复苏之外最不愿意看见事情变成这样的人。所以他没有错，按照以往的思维推算，他一点儿错也没有。

可这回和以前不一样，只要一想起失魂落魄从学校逃离的林复苏，秦路南就难受得推翻了他所有的过往。

秦路南忍不住想，如果不是他，不是谢小冬，就不会发生这种

213

事情，那么这里边是不是也有他的责任？

然而，林复苏没有听懂。

对不起？

林复苏一愣："对不起什么？"

秦路南缓缓松开她，却是另起一篇。

"我饿了。"

林复苏也很快不再纠结。

她将苹果放上茶几，熟门熟路地朝厨房走去："等我一会儿，很快就好。"

林复苏的动作的确很快。

她手脚麻利，动作干脆，没一会儿就将两碗面条端了出来，在秦路南那一碗里还卧了个荷包蛋。和以前一样，两个人在餐桌前吃了晚餐，几只小猫在猫爬架上睡觉，唯一的不同是这回两个人都很沉默，直到吃完也没有聊过几句。

晚餐过后，林复苏收拾了碗筷餐桌，等她再走出来，秦路南看见她湿漉漉的双手，递过来一张纸巾："今天留下来住吧，很晚了。"

想到家里的情况，林复苏心不在焉地随手擦了两下。

她忽然用力地闭了闭眼，好像想起了什么不愿意想起的事情。

"谢谢。"林复苏睁开眼时有些疲惫，她朝着某间空房一指，"我还是住那间？"

"你想和我睡也行。"

秦路南难得开个玩笑,林复苏却没有力气捧场,她勾勾嘴角,扯出个无力的笑:"我怕我晚上打呼噜。"

这个笑说无力都是高抬了它,更准确一些,应该说它比哭还难看。

秦路南静静站在那儿,原本轻微上扬的嘴角渐渐落下,如果是在平常,他一定会毫不犹豫说"不想笑就不要笑了",但今天他只是轻轻拍拍眼前人的胳膊。

"早点休息吧,你看起来很累。"

意识到自己的表情不对劲,林复苏也没有再逞强,她低着眼睛应了一声:"好。"

3.

半夜,林复苏再一次被梦魇拖住。

这一次她代替林复皎站上了那个天台。

她知道接下来会发生什么,知道从这儿跌落下去自己会变成什么样子,她很害怕,想退回去,可不知道什么时候,身后变成了万丈深渊,底下漆黑一片。寒风吹过,乌云消散露出薄弱月光,冷光照进深渊,林复苏看见底下挥动着无数双枯骨一样的手。

她想叫却叫不出来,心脏紧得几乎爆裂,她四顾一周,却发现原本广阔的天台莫名只剩下了自己脚下的一小块。她被困在巴掌大的地方,夜空慢慢变得血红,忽然,有一个女声自幽空处传来。

215

她凄厉诘问："是不是你，是不是你害死了皎皎？是不是你把她从天台上推下去的？"

床榻上，林复苏浑身冷汗，眉目紧锁挣扎着，但怎么都醒不过来。

"不是我，不是，妈妈，不是我……"

梦里的女声不依不饶："林复苏，是你，就是你……是你害死了皎皎，是你害死了她！林复苏！为什么不是你，为什么死的不是你？！"

声音从四面八方袭来，回声未模糊反而越发尖锐，林复苏四处张望却望不见来人，整个世界都开始变化动荡出现重影！

就在这时，在她身后凭空出现了一双手，林复苏刚刚察觉就感觉那双手将她一推——

"啊！"林复苏大叫一声醒了过来。

惊醒时林复苏满头大汗，黑夜里，她喘着气将自己蜷缩起来，婴儿一样慢慢抱住自己的头，试图找回一点点安全感，可即便如此，她的眼皮和身体仍不住地打着战。

就在这时，"啪嗒"一声，灯亮起。

"林复苏？"

房门口，被那一声惊叫弄醒的秦路南满脸担心，他慢慢走近："你没事……"

话还没说完，他便直接愣住。

和平日里大方阳光的模样截然相反，眼前的林复苏像是一只恐

216

惧人类世界的落水狗，她脸色惨白地缩成一团，眼中是掩饰不住的惊恐和不安。比中午从学校离开时状态更差，好像被全世界抛弃一样，即便是看见秦路南，林复苏的眼里依然没有浮出多少生气。

"林复苏……"

原以为不提不问不说就会慢慢过去，以为她晚上来找自己就是没那么在意了，但原来她一直在逞强吗？

秦路南的心脏发闷。

他缓缓靠近，最后坐在林复苏的床边。犹豫了会儿，他握住林复苏的手。

"我在这里。"

林复苏好像没有听懂，从始至终，她只是那样望着秦路南，麻木地接受他的靠近，麻木地让他握住自己，也麻木地听他说话，没有半点儿别的反应。

而秦路南也不再说什么，只沉默地与林复苏对视，给林复苏时间接受自己的存在。

过了许久，林复苏才有了一点儿动作。

她慢慢低下头，看着握住自己的那只手，然后很轻很轻、用很小心的力道反握回去，生怕用力一些就会被人甩开似的。

"你……"

似乎是想说什么，可林复苏只发出个单音就停住。

秦路南等了一会儿："嗯？"

林复苏不知在害怕什么，她的眼神里全是不确定，她又想问又不敢问，像是森林里受伤的小鹿，不知道能不能相信眼前朝自己打招呼、过路的人。

"你，你相信我吗？"

秦路南鼻子一酸。

这样的语气不该属于林复苏，卑微、怯懦，带着一点点的讨好。林复苏明明不是这样的，她不应该是这样的。

分明是急切地想得到肯定的回复，但林复苏好像很有耐心，只是在她的世界里，每一秒没有等到答案的时间都过得好慢。林复苏的眼睛一点点灰暗下来，原先反握的力道也松了下去，然而秦路南忽然俯身抱住她——

少年的身量再轻，这么猛地一压也沉得够呛，林复苏被这冲劲儿弄得低呼出声，心底却有一处地方慢慢亮了起来。

"我信你，一直信你，不管别人说什么，我都只相信你。"

房间里的设计很人性，先前在门口处打开的照明灯，床边也装有一个开关，这样如果想要关灯就不必多下一次床。秦路南刚才那一下不小心带到了先前林复苏放在床头的一本书，那本书掉落前恰好碰到电灯开关。

房间再次回到黑暗里，可这一回，林复苏却没那么害怕了。没有了刺眼的灯光，她抱紧眼前的少年，像是在绝路里抓住最后一根能救命的稻草。

"秦路南，那些传言都是假的，它们都是假的……"

"我知道，它们都是假的。"

林复苏闭了闭眼，心中压抑许久的情绪就此决堤。

在从前承受不住的时候，林复苏也想过将所有事情都说出来，但每每话到嘴边又被她强咽回去，有些东西是不能说也说不清的，或者就算她想倾诉，又能倾诉给谁呢？左右事情已经走到了这样的地步，那不如不要多生事端，就这样吧。

带着这样的想法，林复苏曾以为这些东西自己一辈子都不会说出来，她也的确一个人撑了许久，背负巨石在荆棘路上前行。直到今天，有人告诉她可以歇一歇。

林复苏说话很低，低得像是压在胸腔里，只随着震动传出一点点微不可闻的声音。秦路南就这么安静听着，他躺在林复苏身边，紧紧握着林复苏另一只手，始终没有松开。

虽然是盛夏，但夜风也还是有些凉爽。

晚风吹动窗帘，偶尔带来一点点的星光月光，借着那微弱光亮，秦路南慢慢转头，望向林复苏。林复苏闭着眼睛，眉头微微皱着，她的讲述很长，很痛苦也很挣扎，这是她最不愿意面对的过去，但不能否认，说出来之后，她也是真的轻松了许多。

"在那之后，我时不时就会做一个梦，在天台上的梦。"林复苏说着哽了一声，"梦里，我站在很黑很黑的地方，而我姐姐站在栏杆边上，她穿着过去那件白毛衣，朝远方伸手，好像要去够什么。她对身后一无所觉，我就这么被操控着一步步靠近她。"

她说着，一顿。

"然后，我把她推了下去。"

林复苏的眉头皱得越来越紧："从小到大，我一遍遍做着这个梦，一次次重新把她推下天台，我……我没办法反抗，我也没办法摆脱……"

她说着，睁开眼，一道水痕从她的眼角滑落。

"梦得多了，我甚至开始怀疑，当年我是不是真的和她一起上了天台，是不是我的记忆出了差错，是不是……是不是当初真是我把她推下去的。"

"不是那样，你也说了，这是个梦。"秦路南的声音平静而温柔，"这不是你的错。"

林复苏怔忪着侧过头来："……什么？"

秦路南抬起另一只手，抚上林复苏的眉心，像是想把那道皱褶抚平。也是这个时候，林复苏才发现自己皱了这么久的眉头，久到眉心都开始发疼。

"你会做这样的梦，是因为潜意识里觉得你姐姐的离开你也有责任，或许是不该把自己撞见的事情告诉她，或许是后悔没有在她离开时拉住她。在不幸的事情发生之后，人总会忍不住做许多假设，'如果当初我那么做就好了，这一切就不会是这个样子'，这样的假设做多了，你会信以为真，并且懊悔于自己没有那么做，最后演变成深刻的自责。"

仿佛林间清泉，秦路南声音缓缓，清和温润。

"人类有的时候很奇怪，大家都怪你，你没有地方发泄，又不愿意平白无故受骂，久了之后，也只能跟着责怪自己，好像承受比拒绝承受更能让你舒服一些。时间久了，你自己都要信了，觉得自己真的有过错。"

林复苏不可置信一般对上那双透亮清澈又带着些微心疼的眼睛。

"但这不是你的错，从一开始就不是。"

最黑暗寒冷的地方被最暖融明媚的阳光照进，林复苏的心里被狠狠戳了一下，她再也忍不住，泪水从她的眼睛中疯狂涌出。林复苏慌忙去擦，想要掩饰什么，但她真的隐忍太久，再也掩饰不住。

最后，她几乎是痛哭出声。

人言的确可畏，但原来这么多年她最害怕的并不是那些流言，也不是来自母亲的误会和责骂，而是连她自己都无法真正原谅自己。

4.

林复苏抽噎许久，秦路南就这么坐在床边陪她。

秦路南侧着身子，一下一下拍着林复苏的背，像是在哄孩子。

"也许和你不太一样，但你知道吗，我也有很害怕的东西。"看着眼前的林复苏，秦路南忽然想起很久以前的自己，"上次和你

221

说我没什么，我的病不严重，那句话是骗你的，其实它很严重，说不定过不了多久，哪天你就看不见我了。"

每个孩子都有过伟大的梦想。

秦路南从幼儿园就梦想着要成为新时代篮球巨星，他感觉自己受到了命运的点拨，几乎确信自己站上世界舞台不过是迟早的事，却在小学时险些心脏骤停，如果不是及时送医，这个世界早就没有他这个人。也是那一回，秦路南被检查出先天心脏病，中度二尖瓣关闭不全，心衰二级，最好的结果是做完换心手术，从此安安心心当一个什么都做不了的闲人。

秦路南比许多人不幸，也比许多人幸运。

他有一对爱他并且以他为傲的父母，有良好的家世，有足够的支撑，即便他一辈子混吃等死，也不至于生活惨淡。像他这样的情况，能保住命就不错了，可他偏偏有心气，有梦想，不愿意那样活着。

为此他消沉许久，好不容易被妈妈的眼泪感动，想要振作回来，却又得知在爷爷的指示下，妈妈决定以高龄之身通过试管婴儿要个新的孩子。他明明还活着，但大家好像都觉得他活不久了，即使换心成功也只能在家休养，不能再承担什么重任。

他们需要更健康的孩子填补家族事业的后续。

说到这儿，秦路南停了一下。

"秦家都是生意人，你知道的，生意人多精明啊。有时候我也会想，他们虽然爱我，但既然已经做好了我随时离开的准备，那么是不是会为了减少沉没成本，慢慢收回对我的爱。即便不是收回，是不是也会一点点减少，到了最后，哪怕我还活着，他们也不再爱我。"

说话时，秦路南满身的孤寂和脆弱藏都藏不住，他好像真的变成了一樽放在木桌边缘的琉璃，轻轻一碰就要摔成无数碎片。

"这么多年，我听得最多的，就是他们让我别太累，叫我记得休息。当我拿着成绩单回去，想要证明我不止有'活着'这一个价值时，我听到的却是敷衍的回应，以及那句几乎要在我耳朵里磨出茧子的'小南学习太累了，多休息会儿好吗'。"

骄傲如秦路南，他怎么能够允许自己只当一个活着的闲人？

"他们怎么会不爱你？他们一定是很爱你，才会害怕你有闪失，才会宁愿放弃其他，只要你留在他们身边。"

秦路南苦笑："是啊，他们爱我，可他们从来都是用他们的方式在自以为是的爱我。"

他不是不明白父母的苦心和无奈，但有些情绪无可排解。

心脏上的空洞和内心深处的空洞一起成了他无法填满的深渊，家里人越是要他多休息，不要太拼命学习，他越是不想放弃任何一个第一。他知道父母和爷爷只要他好好活着，不需要他成绩好有成就，但他不赞同。

"要么就是叫我休息，要么就是要我手术，从小到大，来来回回他们都是这两句话……我一句也不想听，他们越是这样，我就越

223

是反感，越是恐惧。”

秦路南倔强地用自己的方式做无声的反抗，成绩成为他证明自己在这个世界上还有价值的最后依据，好像如果不做到最好，他就真的输了自己最不甘心输掉的东西。

“你知道那个手术的成功率是多少吗？很低，真的很低，那样小的概率……一旦失败，我就要永远地留在手术台上了，好讽刺，那居然是我继续活下去的唯一希望。”

秦路南吸了一下鼻子。

“他们总是劝我，总是站在为我好的角度劝我。但难道我不想活吗？我没有考虑过手术吗？我考虑过的，每一次心脏忽然发紧收缩，我都很害怕。”秦路南喃喃着，“可我更害怕，我离开时是在冷冰冰的手术室里，我自己选择放弃了原本可以拥有的明天……当我消失在这个世界上时，和一缕青烟飘散没有二致，好像我从来不曾来过。”

大概是长久以来习惯了克制，秦路南连激动的时候都不敢放肆，因而显出一种矛盾的冷静。

“我想活下去，活久一点，我想在这个世界上留下一点痕迹，我来过的痕迹，我不要当一个匆匆到来又匆匆离开的人。”

林复苏不知何时已经停止哭泣，从原先破损的壳里走出来，重获新生一般，她反握住秦路南，成为支撑秦路南的力量。

“你不是。”

许久没有说过这么多话，加上今天一天都因为林复苏的事情而心事重重，又将积攒了许久的情绪宣泄出来，现在突然放松，轻松之余也有困倦袭来，秦路南慢慢闭上眼睛。

他曾感觉自己是一盏孤灯，晃晃悬挂在单薄小舟上，小舟荡在海面上，残旧着漂泊许多年。它已经坏得很厉害了，现如今，只需要一个不大的海浪就能把它打成碎片。

秦路南抬头，面无表情地看着窗帘后边透出的一缕微弱月光。

也曾猜测，或许明天，大海就要吞噬小舟，要熄灭那一盏灯。

半梦半醒间，秦路南似是呓语："我好害怕，真的好怕……"

他真希望能预知未来，哪怕结果不尽如人意，也好过夜里每每惊醒，日日提心吊胆，没个痛快。

这么想着，还没来得及说，秦路南便沉沉睡去，只剩下一旁的林复苏借着夜光深深望着他，眼里是满满的心疼。

望着眼下青黑，疲惫到睡着的秦路南，林复苏为他将一点碎发捋到耳后。

就这么望了许久，林复苏好像忽然做了一个什么决定。

林复苏偷偷拉起秦路南的手，钩住他的小指摇了摇，定下只有她一人知道的契约。

完成之后，她浅笑："晚安。"

说完好像达成了什么心愿，安心睡去。

第十一章

你知道，我不敢的。

　　说起来他也曾经梦想成为篮球巨星，不过那真是很久很久以前的事情了。

Zao yao chun

1.

次日清晨，天刚蒙蒙亮，秦家父母小心地开了门。

他们知道儿子一向浅眠，生怕吵醒了他。

秦路南一向不喜欢在这儿照顾他的保姆，总觉得那是他们派来监视他的，所以也早与保姆约定过时间，让她在他放学之前离开。唯独昨天出了一些事情，保姆离开晚了，秦路南回家时与保姆碰了一面。也就是这一面，保姆晚些时候打电话给了他们，说秦路南看上去很奇怪，整个人精神状况都明显有些异常，他们很是担心，便决定今天早些过来看看。

房子里很安静，连秦路南养的小猫们都还在窝里睡着，只其中一只听见他们开门，起身望了几眼。秦妈妈昨夜挂念着没睡好，今天起来眼下都有些青黑，她放轻了脚步走向秦路南的房间，却发现门只虚掩着，推开一看，里边空无一人。

"怎么了？"秦爸爸看见妻子脸色不对，走过来往里看去，也是一愣。

秦妈妈当即就慌了："小南呢？"

怎么一大早就不在？是一早就出去了还是昨晚上离开没有回

227

来?

还是秦爸爸冷静了一下，陆续推开旁边客房的两扇门。

第一间里边没有人，第二间……

客房不大，推开门就能看见里边的场景。

秦妈妈捂着嘴站在门口，秦爸爸亦是面色不豫。

只见里边略显凌乱的单人床上，秦路南坐在地上，上半身半趴在床边，两个人睡得正熟。

秦妈妈一时回不过神，在她的认识里，秦路南是一个性子孤僻的人，这么多年身边也只有令狐齐飞一个朋友。同时他像极了大型猫科动物，极具领地意识，平日里很少带人回家，尤其还是个女生。

这样的画面，实在很难让人不多想。

"这是……"秦妈妈欲言又止。

相比较而言，秦爸爸的脸色要黑上许多。

大概是习惯了在公司运筹帷幄、事事掌控在手里，秦爸爸是一个稍显"专制"的人。在他的心里，没有人比他更了解他的儿子，秦路南虽然看上去冷冰冰不好接近，但到底也就是一个十几岁的少年，社会新闻里这个年纪的少年受骗上当的还少吗？社会和人心的险恶，秦路南即便听过，又能知道多少？

秦路南和其他孩子不一样，他不能冒险，他要排除秦路南身边所有不安全的因素。

出于担心，秦爸爸时不时会调查一下秦路南身边的人。秦路南从前发现过，与他大吵一架，争吵时说自己厌恶这样被监控着没有自由的生活，在那之后，他表面上退后一步放开了手，但其实也不过就是更加小心一些。

而眼下秦路南身边的这个人，正是被他判定的"危险因素"之一。

林复苏。

这个女孩的出身、家庭、曾经的那些流言，秦爸爸每一样都清楚，先前没有插手，是因为那些报告里分析，林复苏现在拿着秦路南给她的"工资"干活儿，应该是为了钱接近秦路南。倘若当真如此，秦爸爸倒不那么担心，毕竟他们家并不缺钱，再说林复苏拿走的数额也不大，给就给了，但现下看来不一般。

能和小南走得这么近，在短短一年内让小南如此信任，是他低估林复苏了。

额头上暴出青筋，秦爸爸大怒，正要过去将人拎起来就被一只手牵住。秦妈妈对他比了个"嘘"，明明是很轻的动作，但秦爸爸下意识就跟着照做了，他强压怒气。

"做什么？"

他在外边雷厉风行，唯独对秦妈妈听之任之。

先是看了一眼儿子，确认他未被吵醒，秦妈妈才放心地松一口气，拽住秦爸爸的衣袖，将房门带上，把秦爸爸拉了出去。

客厅里，秦妈妈压低了声音："你刚才是想干什么？"

"我先前和你说过，小南身边有一个叫林复苏的，你记得吗？"秦爸爸虽然努力压抑但仍有怒气，他指向那边的房间，"就是她。"

"什么？"秦妈妈显然也知道这个人，可她一愣之后还是追问一句，"你说……这里边会不会有什么误会？"

"是误会当然最好，但在事情弄清之前，你不能不承认这里边有风险，资料你也看过，那孩子不是一个简单的人。"

"你小点儿声。"秦妈妈心里也不好受，"事情还没弄清楚，你不能这么去找小南，又不是不知道他……万一你刺激到他发病怎么办？"

想到儿子的身体状况，秦爸爸这会儿才稍微冷静一点。

"那你说该怎么做？"

"你先回公司上班，今天……今天我们就当没有来过。"

秦爸爸不可置信："你准备当没看见吗？"

"当然不是。"秦妈妈叹一口气，"我今天去一趟他们学校，找小南那个发小问问情况，如果……如果真有什么再说。"

毕竟只看见了一个画面，这说明不了多少问题。饶是这么想，秦父秦母走出小区时脸色也并不好看，他们在外边分开。秦妈妈沉了口气，看一眼时间还早，便先去了学校周围的一家早餐店坐着等等，想晚一些再去闵华看看。

七点多，学生们陆陆续续过来，原本安静的周围也慢慢变得热闹。

这家早餐店不大，秦妈妈坐在最里边，周围不一会儿就坐满了人，大家吵吵嚷嚷，有的讨论着前一天的作业，有的在说最近听见的八卦。秦妈妈心里有点儿乱，她只是静静坐在角落里喝粥，但她忽然捕捉到身边一桌小姑娘讨论的内容。

她们好像提到了"秦路南"。

边上的蒋梦甜端着一碗小馄饨吃得满足。

"我就说嘛，他们的关系真的很好！"

季思雯也亮着眼睛："是啊，昨天在办公室里，秦路南和黄老师那副信誓旦旦为林复苏做证的样子真的好帅！要不是亲眼看见，真难想象秦路南还有这样一面。"

林复苏？

秦妈妈的眉头皱了起来。

季思雯又说："不过那个谣言真的好过分啊，这种事情哪能随便说？昨天林复苏离开的时候看起来真的很难过。"

"就是。"蒋梦甜也愤愤不平，"别说那些东西没有依据，退一万步，就算它是真的，那也是过去的事情啊，谁知道当年有些什么误会？又不是不认识的人，怎么就直接信了呢？一点自己的认知都没有。"

"那些人真过分，还好有秦路南那么坚定地站在她身边，这也算是一点安慰了吧。"

蒋梦甜又道："你知道吗？我昨天听楼下班一个姐妹说，秦路南放学去找那个，那个叫什么来着，谢小冬？"

秦妈妈放下汤匙，细细听着。

"反正是找碴儿的样子，昨晚上学校通告不就出来了吗？说就是谢小冬造的谣，那个公告栏附近调的监控也证明了之前那些乱七八糟的东西都是谢小冬贴的，还有网上那些帖子……秦路南比学校的调查还快一步！"

"你还记得之前图书馆吗？秦路南不是有一个专属座位，谁都不能坐的？好像后来不少人看见林复苏在那儿看书，秦路南有时候去得晚了，也不叫她起来，就在她身边坐着……"

"还有还有，军训那个时候，秦路南晕倒，谁也没注意，只有林复苏，她还在秦路南摔倒之前做了预判，直接把人给扶住了，往医务室走的时候那个紧张劲儿……"

她们说着说着，异口同声："好像偶像剧啊！"

蒋梦甜撑着脸颊："之前觉得林复苏像男孩子，现在头发留长了才看出来，她秀秀气气的，打扮起来肯定很漂亮。"

季思雯笑弯了眼睛："你知道吗？听说还是秦路南劝林复苏把头发留长的呢！"

"是吗？我就知道他们能成！"

女生们嘻嘻哈哈，秦妈妈却是听出了一身冷汗。

她越想越心惊，也没了吃饭的胃口，一碗热粥放到凉透都没再动一口。

早上的时间很紧，学生们不一会儿就散了，周围再次恢复平静，也是这时候，早餐店的老板才发现这儿还有一个人。

"哎，您好，您吃好了吗？"

秦妈妈面色恍惚，点点头随手结了账。

老板听见后边播报微信到账七十的时候都有些不敢置信："您付钱的时候多按了个零？等等，我去拿现金找给您！"

说完老板就往里边跑，然而等他拿着钱再出来的时候，秦妈妈已经没了影子。

坐在车里，秦妈妈勉强平复了一下心神。

末了，她颤抖着手拨出一个电话。

"喂，爸……我有些事情要和你说。"

2.

今天的天气不太好，阴沉沉的，看上去似乎随时要下雨。

因为前几天的风波，这阵子大家看林复苏的眼神依然奇怪，虽然没有那么明显，但还是叫人不舒服。然而先前还为此恐慌畏惧的林复苏好像忽然间不在乎了，她云淡风轻，甚至能对朝她投来异样目光的陌生同学轻笑点头。

大概是她的态度加上大家过往对她的感官，原本传得煞有介事的谣言竟也慢慢歇了下来，毕竟比起流言，每个人都还是更相信自己的认知。

课间外边起风，秦路南过去敲了敲林复苏的桌子。

"嗯？"林复苏抬起头。

秦路南笑笑："黄老师让我给你带个话，咱们学校下个月不是要选一个人去省里参加英语竞赛吗？选你了。"

林复苏有些奇怪，不是说要在校内先进行选拔吗？虽然参加选拔的人只有他们两个。

"那你呢？"

"就你话多。"

上课铃声赶在秦路南说完这句的下一秒响起，打断了林复苏的追问，她就这么看着秦路南走回座位。

秦路南翻开书开始转笔，想起来课间在走廊遇见黄老师，那时，黄老师说的是让他们准备准备，这周六下午晚点儿回去，学校给他们出了一份模拟试卷，准备在他们之中选一个人去参加比赛。

当时秦路南一顿，接着耸耸肩："不用了。"

黄老师有些奇怪："怎么不用？"

"这种比赛太费心力，尤其是前期还得做准备和刷题，太累了，让林复苏去吧。"秦路南一脸轻松，"我可不想费这个劲儿。"

黄老师惊奇地打量秦路南几眼，看得他都有些不自在。

"老师？"

"没事儿，就是觉得怪新奇的。"黄老师笑着拍拍秦路南的肩膀，

"这样也很好，多注意休息，身体才是最重要的，不用每次都那么逞强。"他欣慰道，"到底是长大了些啊。"

秦路南愣了愣，随即笑开。

他摆摆手回了教室，逞强吗？也许吧，他的确很在乎那些"第一"，也总想在每个方面都做到最好，没有什么冠冕堂皇挑战自己的理由，他就是要做给别人看的。

但在几天前的一个清晨，他和某个人一起醒来，睁眼时被对方一声"早啊"弄得一蒙，大概是他的反应太钝，对面的人看得好笑，屈指在他的额头上轻轻弹了一下。

秦路南吃痛捂头，刚要发火，就看见对面的人一脸懊恼，仿佛没想到自己手会这么重。用刚才弹过他脑瓜崩儿的那只手很温柔地帮他揉着额头，一边揉还一边哄小孩儿似的说什么"不痛不痛"。秦路南又气又好笑，但他忍住了笑，就这么瞪着那个人。

秦路南的演技拙劣，好几次都没憋住，让嘴角翘起了一点，对面的人明知他是故意做出这副模样，却一直歉疚又耐心地说着无意义的废话逗他。

直到秦路南终于压不住自动上扬的嘴角，对面的人才跟着他一起笑出声来。

接着，林复苏轻声问："等会儿想吃什么？"

在那一瞬间，秦路南的心里感受到了很微妙的暖意，像是寒冷冬日涌来的一股暖流，清泉温热拂过他冰冷的四肢。在那一刻，秦路南感觉到，自己从前认定的一些东西被打破了。

他为什么会对"第一名"产生执念呢？为了证明自己的价值、为了填补内心的空白？都没有错，他也的确通过那种方式补全了自己一小部分的缺失。但他更需要和更想要的东西，即便是拿无数个第一也无济于事。

秦路南曾以为有些遗憾不可避免，以为自己会将这份填不满的空洞感带进坟墓，但就在那个清晨，它出现了。

黑板上，老师唰唰写着例题，秦路南发了一小会儿的呆，等他回过神来，粉笔字已经写了半黑板。他连忙抄写，这时身后传来很轻很轻的一声笑，秦路南回头，正对上已经写完、正撑着头看他的林复苏。

林复苏眨眨眼，冲着秦路南空白一片的笔记本努嘴，像是在为自己抓住秦路南走神的瞬间开心好笑。秦路南面无表情瞪她一眼，却在回头时露出一点无奈笑意。明明觉得窘迫，但莫名其妙没有办法对她生气，真是奇怪。

秦路南奋笔疾书。

窗外有小雨淅淅，合着教室里笔尖在纸面划过的沙沙声，听得人心里一片宁静。唯独站在后门处的秦妈妈心乱如麻，将凝重直白地写在了面上。

隔壁班有上课请假出来上厕所的，路过秦妈妈时往这边多看了两眼，估摸着是不是教务处新来的老师在查课，这么想着，他连脚步都放快了，生怕被老师抓个现行，赶忙钻进厕所。等他上完厕所想好怎么回话再出来时，那边"教务处的老师"已经不见了。

真奇怪。

他想，不过没有挨骂就好。

他开开心心又跑回了自己班上，完全没将这当一回事儿。

小雨下了一上午，班主任黄老师原本说万一下午雨没停，体育课就改成语文。大家听完，沉默了会儿，忽然蒋梦甜就开始拿卫生纸做晴天娃娃。

黄老师看得好笑："干什么呢，干什么呢？我这儿还上着课你就玩起来了！"

经过一年的相处，大家早摸清楚了黄老师的性格，他虽然有时下手极狠，但大多数时候都是能开玩笑的。加上这会儿课提前讲完了，离下课就剩五分钟，照往常也是给大家自由讨论的时间。

黄老师敲着讲台："怎么，你们就这么不想上课？"

底下有胆子大的开始讲真心话："不是不想，主要是觉得德智体全面发展更加有益于大家的身心健康。"

黄老师嗤一声："知道在外面补习一节课要多少钱吗？我给你们加课还没收钱呢，占便宜的事儿还挑拣！"

"我妈从小教导我不要随便占别人便宜！"

"那你前两天问我借钱吃烧烤，到现在还不还？"

"哎，怎么回事，是友军吗？"

在黄老师的默许下，大家插科打诨闹了一小会儿。直到下课，黄老师说"交给上天，万一下午下雨大家就跟着我混，不下雨你们就出去玩，这样行吧"，同学们才欢呼一声安静下来。

当然，所谓的安静并不是大家开始不说话了，而是他们开始人手一个仿造蒋梦甜的简易版晴天娃娃——而当天下午，天居然真的晴了起来。

从此一班便开始产生了听起来就离谱的"晴天娃娃"信仰，考试之前挂一个，阴天下雨挂一个，甚至连家里减了零花钱都有人挂它。隔壁几个班对此表示不懂，但他们看一班时总有学霸滤镜，慢慢地，挂"晴天娃娃"这种奇怪的行为蔓延了整个闵华。

不得不说，有时候，集体性迷惑行为就是这么发酵起来的。

3.

体育课上，令狐齐飞顶了林复苏的位置，在球场打得起劲儿。

倒是林复苏陪秦路南坐在一旁，边闲聊边看令狐齐飞使劲朝着一个方向耍帅。

"花里胡哨。"秦路南毫不留情地嘲笑球场上的好友。

林复苏附和："以后干脆别叫他飞机了，叫孔雀吧。"

这个屏开得，说张扬刻意都是轻的，如果人类有尾巴，恐怕这

238

个时候令狐齐飞已经摇尾巴摇出幻影了。

秦路南失笑。

见气氛正好，林复苏轻轻咳了一声："其实我前几天看见了你的病情报告。"

或许是已经说开，秦路南没有再瞒过林复苏。那天林复苏在他家发现他不久前的复查结果，那上面说秦路南现在的病情不乐观，随时会有危险。

这几天，林复苏看着秦路南时总是忍不住害怕。

"哦？"秦路南眨了眨眼，"然后呢？"

林复苏沉了口气："去做手术吧。"

午后的太阳很大，即便坐在树荫下，秦路南依然被晒得脸颊发粉。

闻言，他先是一愣，很快轻轻笑开，那一笑足够让看见的人联想到世间一切美好又脆弱的东西，连燥热的夏风都在这时温柔下来。

秦路南笑着垂下眼睫："你知道，我不敢的。"

他的情况日益糟糕，再这么下去，怕是撑不了多久。

他的时间不多了。

的确，手术是他唯一的活路，可这条活路靠赌，输赢五五开。秦路南想活下去，比谁都想，可当他真的被推着站在生死的岔路口时，他却不敢选。

比起不确定的未来，他宁愿留在能把握的现在。就像他曾经说的，如果能活到明天，他不想在今天就闭上眼睛。

秦路南耸肩，做出一副无所谓的样子："我本来就是一个懦弱的人，你要我做这种选择，简直是在为难……"

　　"不是这样，你比我见过的任何一个人都坚强。"林复苏打断他，"不要把这当成生与死的选择，这明明是在向命运抵抗和争取。"

　　认识这么久，即便是风波发生时，林复苏更多的都是满眼血红地隐忍，这是秦路南第一次看见她这么外放的激动模样。

　　"还记得我们前天看的电影吗？那里边有一句话。"林复苏平复了一下呼吸，"不要温和地走进那个良夜。"

　　每个人都只能看见当下，所有的预判都难免会有偏差，未知令人期待也令人恐惧。但不论如何，在人生的分岔路口不要坐以待毙，不要轻易地放弃任何一点希望，不要因为任何事情丧失自己的斗志，不要就这样接受命运所做的最坏安排。

　　"我会在手术室外等你，会等着你醒过来，你一定会醒过来。没有人想要放弃你，不要放任自己陷在绝望的想象里，这不是随遇而安的时候。"林复苏说着，眼眶一红，"去做手术好吗，只有活下来……只有活下来才有未来。"

　　这不是秦路南第一次听见这样的话。

　　类似的话，医生对他说过，爷爷对他说过，父母也说过，可他从未听进心里。人都是很固执的，尤其是有了先入为主的认知，最容易钻进牛角尖里。从前听见这些话，每次他都委屈愤怒狂暴，但不知道为什么，这一回，看着身边的林复苏，他却没有生气。

秦路南沉默了。

不要温和地走进那个良夜吗？

他忽然想起电影里的另一个场景，那时库珀拿着啤酒瓶，看上去空泛又无奈，他说："我们曾经仰望星空，思考我们在宇宙中的位置，而现在我们只会低着头，担心如何在这片土地上活下去。"

说起来他也曾经梦想成为篮球巨星，不过那真是很久很久以前的事情了。在那之后，他再未有过什么期待，不是没遇见感兴趣的东西，只是总担心期待会被打破，经历过一次，有了记忆，就学会了躲避。

他实在不想承受再一次的失落。

想到这儿，秦路南笑笑。

没有拒绝也没有答应，他只浅浅地笑。

然后，他说："我知道了。"

这时，黄老师接着电话从球场边上走过，他看见坐在一旁的秦路南和林复苏："哎，这儿这么大的太阳不晒吗？就算不去玩怎么不坐在阴凉一点儿的地方？好不容易祈祷来的体育课就坐在太阳下面发呆？"

日头渐渐西移，这块地方早就没了树荫遮挡。

只是秦路南和林复苏都没有发现。

　　不远处打篮球的小伙子们看见老班经过，一个个笑着和他招手："皇上，来一局啊！"

　　"来啊来啊，我们给您放水！"

　　黄老师好笑地摆摆手，正摆着呢，忽然一阵怪风吹来。

　　那阵风来得又大又猛，吹得地上沙子扬了秦路南一脸，他"唔"一声眯起眼睛，林复苏见状连忙为他捂住："别用手揉，我有湿纸巾，来擦擦。"

　　这边她话还没说完，那头便传来同学们一阵狂笑。

　　秦路南挣扎着睁开一只眼睛，就看见黄老师锃亮的脑门和他飞在风里的假发。

　　操场上黄老师一边追假发一边顾着手里没挂断的电话，背影看上去弱小可怜又肥胖，极其心酸，但也的确喜感。秦路南"扑哧"一声笑了出来，林复苏无奈，只得自己拿着湿纸巾给秦路南擦脸和眼睛。

　　大家笑闹了一阵，很快便做回自己的事情，打球的打球，聊天的聊天，跳绳的跳绳。

　　没有人注意到，那边的黄老师追着追着，突然停下来，被雷劈了似的猛地僵在原地。他听着电话里的声音，慢慢回头看向笑得那么开心的林复苏和秦路南，表情沉重。

第十二章
那天之后，
秦路南忽然就消失了。

"爷爷，答应我吧，我也答应您，
不论手术结果如何，我都接受。"

Zao zao chun

1.

这个周末，秦路南难得主动回了一趟家。

客厅里，秦佑平和秦佑安正在那儿拼乐高，听见开门声还以为是爸爸妈妈提前回来了，没想到转头一看，竟然是哥哥。

两个小孩子满脸开心，也不再管那边摊了一桌子的乐高，他们蹦着跳着就迎过去。

"哥哥你回来了！"秦佑平从口袋里掏出自己偷偷藏好、准备留到晚些时候吃的棒棒糖，"哥哥吃不吃！"

秦佑安也朝他伸长着手臂："哥哥抱！"

因为知道秦佑平和秦佑安的出生缘由，秦路南从前不爱搭理他们，对他们更多是敷衍和不耐烦，总忍不住拿他们对比自己，想到自己迟早要被他们代替，对这两个弟弟便无论如何都喜欢不起来。但今天他却有些动容，尤其是在接过秦佑平递来的棒棒糖，看见他瞬间惊喜的表情之后。

秦路南举着棒棒糖觉得不解："是你给我吃的，又不是我带了什么给你，至于这么高兴吗？"

"高兴高兴！"秦佑平一把抱住秦路南的腿，一双葡萄似的圆

244

眼睛眯成了弯弯小缝儿，"我记住了，我记住了！哥哥喜欢牛奶味的！"说完他又嘟囔，"以前我给哥哥巧克力味的，哥哥都不吃。"

秦佑安一脸不服气地抱住秦路南的另一条腿："我也有牛奶味的，哥哥等一下跟我回房间拿吗？"

相比较于每次回家，他们对自己的热情，秦路南发现，在以前，自己甚至都没有好好看过他们。唯一一回停在他们面前，还是他们刚刚出生时，那会儿秦路南刚刚接受自己心脏异常的事实，正在偏激压抑的时候。

当时两个小孩还不会说话，谁抱都哭，唯独看见他会平静下来，偶尔还咯咯笑着要抱。

秦路南慢慢蹲下身子："我以前是不是对你们不太好？"

两个小家伙愣了愣，好一会儿才齐声困惑道："哥哥什么时候对我们不好了？"

秦路南也是一愣："我没有吗？"

秦佑平摇摇头，继续眯着眼睛笑："哥哥最好了！"

秦佑安也跟着仰头笑："我最喜欢哥哥了！"

秦路南鼻子莫名发酸，一手一个揉了揉他们的头："两个傻小子。"

连好赖都看不出来，以后出门，被人拐了恐怕都还会对人贩子说谢谢叔叔。

秦路南蹲下身子，抱住两个弟弟："我也喜欢你们。"

“我就知道哥哥喜欢我们！”

“对啊对啊，我就说嘛，哥哥肯定也喜欢我们的！”

暖金色的阳光从窗外洒进来，落在不远处的乐高上，那边依然是一堆碎片。秦路南偷偷擦了擦眼睛，他有些不好意思，于是开始转移话题。

“你们在玩什么？”

“我们在拼军舰呢！”秦佑平拉着他的手。

秦佑安点点头：“哥哥一起！”

“好啊。”

秦路南笑笑，被两个小朋友牵着走过去。

从门口到长桌，几步而已，秦路南却仿佛走过了很长很长的一段路。这段路程中，他经历了许多事，有过无数次的自暴自弃，想要奔向毁灭和黑暗，却总被一根绳子扯回这个世界，最终决定好好活着。但他的“好好活”从来都不积极，因为心里始终存在着一块空缺，因为连自己都不敢对未来多有盼头。

他说他讨厌这个家，但偏偏他最在乎的也是这个家。可惜从前他不愿面对，宁愿用恨和厌恶来掩饰自己的在乎，好像这样就可以忽略自己已经有了代替品的事实，好像这样就可以说，是我先不要这里的，我从来无所谓。

困在其中的人是很难把一件事情想明白的。

然而今天回来，被两个弟弟簇拥着坐在桌前，他忽然就愿意和过去和解，和这个家和解，和自己和解。

当秦父秦母回到家时，他们看见的就是这样一番场景。

灿金色的阳光里，秦路南和两个孩子正坐在桌前认真拼着乐高。

相比较于对着无数零件迷迷糊糊摸不着头脑的小家伙们，天生聪慧的秦路南总是能很快找到对应的部分。原先凌乱的散件被分别摆放得整整齐齐，桌上一艘巨大军舰已然成形，两个弟弟在一边冒着星星眼，崇拜他崇拜得要命。

这时，秦路南抬头，对上不远处望着自己的父母。他抿了抿唇："爸，妈。"

秦妈妈捂住嘴。

女人对感情的变化总是很敏感的，哪怕只是细微的一小点儿，她们也能轻易捕捉到与从前不一样的部分。

"回来了？"秦妈妈问得简单，话里却似乎带着另一层意思。

秦路南眨眨眼，半晌轻笑。

"嗯，妈，我回来了。"

母子二人好像在打什么哑谜，有什么东西似乎也在不言中发生了改变。

而秦爸爸迟钝一些，这段时间他除却繁忙的公务，最为头疼的就是那天在儿子租住的地方看见的事情，他越想越不能接受，越想越觉得暴躁。他从来不习惯委婉，这会儿见秦路南回家，他下意识就要去问。

然而在话语出口之前，秦妈妈猛地在他的手臂上拧了一下。背对着秦路南，秦妈妈皱着眉头微微摇头，示意他不要在这时候开口。

再回头时，秦妈妈脸上又带上欣慰的笑容。

"小南晚上想吃什么吗？"

秦路南想了想："我想喝鸽子汤，上次回家时那样炖的，很香。"

"好，但可能要晚些，你要等等。"

"嗯！"

秦路南点点头，又被两个弟弟拽回来继续拼乐高。在秦路南低下头找零件时，秦佑平还冲这边吐吐舌头，好像在和妈妈抢哥哥，并且得意于自己抢赢了。

秦妈妈无奈地笑笑，对上秦爸爸时，眉眼间又带上一丝担忧。看见三个孩子和谐相处的温暖场景，她用眼神示意，不要在这时候打扰他们。

秦爸爸深深呼吸，良久一叹。

转身时，他终于妥协，妥协于这难得的温馨。

2.

晚上，黄老师来到花园别墅。

当他走向二楼秦老爷子书房的时候，恰好和下楼帮弟弟拿玩具的秦路南打了个照面。

"黄老师？"秦路南有些意外。

不似平常，今天的黄老师面色有些沉重，只在遇见自己得意学生的时候稍微露出了一点牵强笑意："今天回家了？"

"嗯。"秦路南觉得奇怪，"老师您来这儿是有什么事吗？"

黄老师顿了顿："没什么，有些话要和你爷爷说。"他说完这句，似乎还有什么话跟在后边，但犹豫许久都没说出口。

秦路南正准备问是什么事情，然而这时楼上秦佑平迈着小步子跑过来。小孩子睡得早，此时他明明已经困得睁不开眼了，却还是满脸依赖强撑着打起精神。

"我想了想，哥哥应该不知道小白在哪里，我陪哥哥一起去拿。"

黄老师欲言又止，末了拍拍秦路南肩膀："玩去吧。"

秦路南虽然疑惑，但想着现在也不大方便，晚些再问应该也可以，于是他抱着弟弟往楼下走去，而黄老师轻叹一声，缓步走进了秦老爷子的书房。

秦老爷子的书房隔音很好，即便是贴在门口都听不见里边的人在说什么。

在陪着秦佑平去找玩具时，秦路南不小心打碎一个玻璃杯。一声脆响和着楼上的关门声一道响起，不知道为什么，秦路南的眼皮一跳，突然有一种很不好的预感。

"哥哥没事吧？"

小小的秦佑平生怕秦路南被碎玻璃划伤，他紧张得连瞌睡都醒了，转来转去要确认秦路南的状况，却一个没留神自己被割了道小小的口子。

"呜……"

秦佑平吃痛，眼泪哗啦的，碰巧听见响动的秦父秦母往这边走，秦妈妈心疼地一把抱住秦佑平，问完秦路南，又安慰了几句小家伙，就把人抱走上药去了。

同时保姆赶忙过来清扫，打扫时碎玻璃折射出一点亮光，晃到了秦路南的眼睛。

他正揉着，便听见一边的爸爸沉声开口：

"小南，我有事情要问你。"

秦路南一怔，他很少听见爸爸用这样的语气和他说话。

"怎么了？"

这儿是偏厅的角落，秦路南进来时只随手开了一盏小灯，屋内光线昏暗，而秦父站在逆光的门口，眉头紧皱，拇指微微摩挲着自己的手臂。

"你和那个林复苏，你们的事情……我们都知道了。"

秦路南的额角猛地一跳。

什么？

与此同时，书房内，黄老师据理力争。

250

"秦先生，这没有道理。"

相比起说得脸都红了的黄老师，不远处的秦老爷子可以说是气定神闲，从头到尾连一点儿波动都没有。

"林复苏没有犯过什么错误，她品学兼优，凭什么逼她转学？"

"没有犯过错误？"秦老爷子一顿，"黄老师确定吗？"

黄老师有些急："这一点您可以去学校调查，她……"

"黄老师的立场我清楚了，如果你不忍心让她转学，可以不这么做，我不喜欢强逼别人做事，电话里我和黄老师也不过是打个商量不是吗？"

说话时，秦老爷子放下手里先前在看的文件。

他说话时表情很是和气，语调却冷淡疏离，笑脸透出一股子并非出自真心的虚假味道，叫人想起"笑面虎"这个形容。

"既然黄老师觉得那位小同学品学兼优，经得住调查，我也没什么好说的，先前咱们打的那桩商量，你可以当没听到过。"秦老爷子目光慑人，唇边却带着笑，"多大点儿事，值得这么大老远的跑一趟？"

"秦……"

"好了，好了。"

秦老爷子起身，他微笑着在黄老师肩上拍了拍："时间不早，我这儿离市区远，恐怕不大好回去。"

说完，他也不管黄老师什么反应，兀自打了电话叫来司机。司

251

机原就在楼下，上来的速度很快，书房的门被敲响三下，秦老爷子回身，按了桌上一个按钮，门就这么被打开来。

"黄老师，再见。"

能白手起家做成这么大的企业，秦老爷子的手段和本事不容小觑。换句话说，但凡决定了一件事情，他便不会轻易放弃，这条路走不通还会有另一条，他总能做成自己想做的事。

直到坐进车里，黄老师依然在心惊。可是来到这儿做一番争取已经是他所能够尽的最大努力，在此之外，或许只能靠祈祷和命运。

偏厅中两父子的脸色都不太好。

秦父一直是个固执的人，他认定的事情，很少听人解释。而秦路南或许遗传了他这一点，父子俩一脉相承的固执，认定了的事情死都不愿意改，并且秦路南最讨厌的就是解释。

秦父没有得到自己想要的答案，秦路南觉得父亲的诘问莫名其妙，短暂的争吵过后父子俩不欢而散。世界上没有那么多的包容理解，更多人只能站在自己的角度想问题。

上楼时秦路南心脏发堵，他有太多气愤郁闷的地方，也有太多不必解释的理由，他们没有错，凭什么……

等等。

秦路南想到什么。

鬼使神差地，他走到了秦老爷子的书房门外，黄老师离开时门没关严，这会儿一束光从那道缝隙里流出来，打在微暗的走廊上。秦路南停在那儿，听见里边的人声。

一个是自己的爷爷，一个是爷爷的助理。

"……所以照这么说，林复苏上回在学校里打架那件事儿还是令狐家那小子帮着压下去的了？"秦老爷子冷笑一声，"他们还真是讲义气。"

助理附和道："是，并且听说是她主动挑的事儿，被打的那位同学当时伤得不轻。"

"一个女孩子，把男生打成重伤，就这还能说是品学兼优？学校不该是压来压去的地方，不然要校规做什么？他们做过什么事情、犯过什么错，就应该承担相应的后果。再说，让这么危险的学生待在学校，谁知道还会发生些什么不好的事？"秦老爷子一锤定音，"去安排点儿什么事情，把这段错误重演一次，这一回，不要让它再被压下来。"

秦路南垂在身侧的双手紧捏成拳，微长的发梢扫在脖子上。

他好像忽然回到许多年前，八九岁的他刚刚被诊断出先天性心脏病，经历过几次痛苦的治疗，当时也是在书房外，他听见自小疼爱他的爷爷用不容置喙的语气对秦父秦母说，自己已经找医生了解过了，秦路南的状况并不乐观，哪怕日后做了手术、保住了性命，最好的结果也不过是成为一个娇生惯养的废人，这样的话哪怕他再聪慧也没有用，不可能担起秦家家业，为了秦家有人继承，他们必

253

须再要一个健康的孩子。

当时妈妈哭得很伤心，爸爸在叹气，屋内沉默了许久，气氛好像一下子凝固了起来，即便是一个小孩子也能感受到那份沉重。

可是没有人反对。

秦路南觉得自己不懂，分明前一秒爷爷还在担心自己心情不好、叫人教自己画画，让他想开一些、不要放弃自己，好像一切都和以前没有不同。但是为什么爷爷转头就可以说出这样的话？为什么转头，他们就放弃他了？

那一年的门外，小小的秦路南也是这样捏着拳头。

他听着向来看重他的爷爷冷酷做下最后的决定："你们的年纪也不小了，我已经联系好了医生，那边很安全也很有经验，你们可以直接去国外做试管，植入两个健康男胎，确保万无一失。"

就这样，秦家多了一对双胞胎。

在爷爷心里，好像人的一生都是可以被设计和安排的。

开始是他，后来是佑平和佑安，现在又变成了林复苏。

书房里，助理试探地问："您的意思是？"

秦老爷子不说话，只不耐烦地"啧"一声，助理便受惊似的连声应"是"。

"我知道了，您放心吧。"

秦老爷子这才满意："好了，你出去吧。"

254

助理倒退着走出来，却在门口看见了脸色不豫的秦路南。

与挂不住的助理对视一眼，秦路南慢慢松开捏紧的拳头，走进书房。

有光照在他的身上，少年眼眸澄澈，面上满是坚定。

"爷爷，我想和您谈谈。"

3.

秦路南失踪了。

说失踪并不准确，似乎是秦家为他办理了退学。

只是这学退得突然，没有一点儿的预兆，好像是临时决定的，连令狐齐飞都摸不着头脑。

林复苏给秦路南打电话，也再未打通过，托令狐齐飞去问，也只得到秦路南似乎是去了国外做手术这么一个不确定的消息。

像是心上压了一块石头，林复苏几乎担心得有些恐慌。

她试过了所有方法去找秦路南，可是秦路南的手机从一开始的不能接通到关机和暂停服务，校外租住的房子被退了，五只小猫也委托了宠物店寻找新主人。

秦路南真的就这么消失了，如同被风吹散的烟雾，一点儿痕迹也没留下。

没有了秦路南，林复苏一下子觉得日子过得快了起来。

她又回到从前习惯的生活，上学、看书、照顾妈妈，日复一日，乏味空洞，却不能说不充实，只是有时令狐齐飞会担心地过来问她最近还好吗，怎么感觉她好像心头压了什么事儿。

林复苏有些恍惚，末了却只能笑笑："没什么，你想多了。"

都还是少年，少年最羞涩于将想念诉之于口，他们更愿意将这些东西藏在心里，只偶尔在无人的时候，拿心事出来晒晒月亮。

那场省级的英语比赛，林复苏拿了第一，她将成绩和奖杯拍好照，写了一段话，照常发给那个无人回复的号码。

【林复苏：今天好冷啊，明明还在秋天，怎么外边的树梢上都结冰了？知道你没亲眼看见不会相信，我拍下来了，虽然有点儿糊。】

【林复苏：最近遇到了一件很厉害的好事！有一个助学基金会在学校投放了大额奖学金，我拿到了这笔钱，这下子可以不用去打工了。我算了一下，这笔钱足够我从高中一直读到大学，加上从前攒下来的一点积蓄，我甚至可以换一台手机。】

【林复苏：原来民间的公益组织这么强大？最近有些人找到我，愿意免费接收我妈妈住进疗养院治疗，我先前怀疑，害怕是骗子，偷偷查了一下，没想到是真的……】

林复苏的人生突然幸运了起来。

好像一夜之间，所有的好事都准确无误地砸落在她的头上。

在此之外，先前的流言风波对她并没有造成太多影响，同学们不像初中时人云亦云，虽然还是会有人对她的过去传闻指指点点，但更多的同学都选择站在她的身边，听见嘴碎的人嚼舌头时还会为她说话。久了，这件事情便彻底过去，林复苏也靠自己的努力和优秀一点点散发出光芒。

大家都佩服她的坚强，也喜欢她的温柔，她代替秦路南成了学校里新的"风云人物"，他们好像渐渐忘记了曾经那个与林复苏比肩稳稳占领第一名宝座，但脾气坏得要命的秦路南。唯独林复苏和令狐齐飞在一起时还会偶尔谈起，而每每提到秦路南，林复苏都会沉默许久。

令狐齐飞时常看见她握着手机发呆，偶尔探过头去，会看见一个熟悉的界面。往上翻多久都只有一个人的絮叨，对面的那个人一条都没有回过。

也许只是图一个寄托，日子久了，连林复苏都没再盼望过回复，只是有些习惯一旦养成就很难改掉，聊天界面里存满了细碎的想念。

时间就这样一点点流逝干净。

一年后，林复苏以省级理科状元的身份入学北大医学部。

同年，令狐齐飞去林复苏所在的院系找到她。

"怎么，今天没课？"

周五的中午，林复苏在食堂招待了这位老同学。

令狐齐飞也考到了北京，两人所在的学校距离不远，偶尔还能走动，在陌生的城市里有个熟人，也还叫人欣慰。

"其实我今天是想来告诉你一件事情。"

"怎么，又和季思雯有了什么甜蜜进展？"

"不是。"

令狐齐飞没有了过往插科打诨的闲适，他戳着碗里的米饭，说话吞吐。

林复苏一顿，意识到什么，抬头望向他，眼神深得不可思议。

食堂里人声喧嚣，大家有说有笑，唯独林复苏，她集合了全部的心神，都放在眼前人的身上。

令狐齐飞说话前还有些犹豫，不清楚自己该不该讲，但又实在承受不住这个眼神，咬咬牙，终于开口："这事儿是有关南哥的……"

林复苏几乎是一路狂奔，打车到了机场。她买了最快的票回去，拿着从令狐齐飞手里得来的地址，她的手指都在发抖。

风声呼啸，林复苏的耳边回荡着的是中午令狐齐飞说过的话。

令狐齐飞说，当年秦家恐怕是误会了一些事情，秦路南的家人都很固执，听不进或者说根本不听他的解释，无奈之下，秦路南和当家的秦老爷子做了一个交换。秦路南同意手术，条件是秦家不能为难林复苏，并且要资助她的学业和家庭，秦老爷子当时勃然大怒。

可秦路南十分冷静，他没有生气，没有动怒，只是平静地说着自己想说的话。

"爷爷，你有没有觉得，其实她和我很像？"

穿越了时间和空间，林复苏仿佛又一次听见秦路南熟悉的声音。

灯光下，秦路南淡淡笑着，长睫微垂，像是一只精致的人偶。

"可她比我通透，也比我勇敢，她教会我许多东西，也是因为她，我才终于敢面对过去和自己。"

林复苏的眼眶通红，空荡的机场里，她坐在无人的角落，把头埋进手臂。

"……我知道你们可能无法相信和理解，但我把自己的理想都寄托在了林复苏的身上，我大概这辈子都走不了自己想走的路，但她可以。所以我恳求您，给她这个机会，让她带着我的梦想走下去。"

坐在飞机上，林复苏努力平复着自己不住起伏的心口。

闭上眼时，她仿佛看见秦路南在对她轻笑。

——"有人可作寄托，有个盼头，多好啊……爷爷，答应我吧，我也答应您，不论手术结果如何，我都接受。"

终章

Zao yao chun

医院里，林复苏握着手机。

那头的令狐齐飞发来的依然是八百年不变的劝慰，来来回回重复着同样的话，无非是说都过去这么多年了，叫她想开一些、别继续钻牛角尖。

她关闭聊天界面，点开了另外一个。

【林复苏：你的家人一直不告诉我你的下落，他们总是瞒着我，不过没关系，再等等，我会找到你的。】

窗边一个孩子兴冲冲指着天上："妈妈，飞机耶！"

"好好好，不要乱碰，医院里很脏……"

林复苏转头，那个年轻的妈妈看见了，对她笑笑。

"小林医生。"

林复苏轻轻点头，接着蹲下身子："小孟今天乖不乖？"

那个被叫作小孟的男孩子骄傲地挺起胸膛："我超乖，打针都没有哭！"

小孩子奶声奶气地炫耀着自己的勇敢，连路过的小护士都不禁被逗得发笑。

林复苏也表扬了小男孩几句，小男孩开心得差点儿要蹦起来，

261

还好被妈妈按住，提醒他不能到处乱跳，走路要慢慢走，慢慢走才能走得稳。

望着男孩儿离开的背影，林复苏忍不住想，不知道秦路南小时候是不是也是这样？恐怕不会吧，秦路南应该是很酷的，毕竟他从小就当人家的"南哥"。

林复苏笑着，望向窗外，视线却被涌上来的水汽模糊成一片。

六年前，她不管不顾找去了秦家，满怀希望，想得到秦路南的消息，可秦老爷子望着她，却用最冷酷的话打碎了她所有的期待。

秦老爷子说，那场手术失败了，秦路南没能活着回来。

现在回忆，她已经想不起来当时是什么心情，大概是大脑对它进行了调节保护，将承受不住的激烈情绪全部封存起来，只留下一小点儿允许她如今想起。可就是那一小点儿，也让林复苏湿了眼睛。

她长长叹一口气。

虽然长久以来不停地询问，秦家给出的答案始终相同，但林复苏不信。她总觉得秦家是骗她的，她总觉得秦路南还活着，她总觉得他们还有再见的一天。

他们连一个正式的道别都没有，怎么可能就这么断了呢？

憋着一股劲儿，如今的林复苏终于成为阜外医院的一名心外科大血管置换医生，虽然还在实习阶段——她总想着，能做些和秦路南有关的事情，能对这些再熟悉一点儿。这样，等到他们再见面的时候，她就可以更好地去照顾和回报秦路南。

毕竟，要不是秦路南，她也走不到今天。

"小林，你怎么还在这儿？"

科室门口，导师冲她招手。

林复苏收拾好情绪走过去："老师。"

"是这样的，还记得我昨天和你说过的那个病人吗？"

"嗯，记得的。"林复苏微微低着头，谦逊回答，"是不是那个进行了全身大血管置换手术的病人？"

"对，按计划他应该下周来复诊，但我们下周不是不巧，要去参加一个全国医疗团队的研讨会吗？所以就把复诊时间提到了今天，正巧你也在这儿，和我一起去看看吧，也算是累积经验……"

他们上午在总科室开会，来复诊的病人等在另一栋楼里。

过去的路上，导师给她详细介绍着病人的情况。

导师说，那个病人本来因为重度心衰要换心脏，没想到术前检查时，竟然发现全身大血管也出现了扩张。这在国内外都是极其罕见的重症，风险极大，同时完成换心和大血管置换几乎没有成功的先例，然而在病人的坚决要求下，他们决定一试。

这是一场战争，手术台上，医生们与死神拉力比赛，大家都很紧张，好在最后，手术奇迹般地成功了。

心外科大楼，林复苏和导师从电梯中出来。

导师的脸上带着笑："说起来，那个病人年纪很小，却很勇敢，在死亡面前谁不害怕啊？哪怕是我们都捏一把汗，他倒是淡定得很……"

说着，导师握上门把手。

开门时，林复苏走在导师身后，她先前微微低着眼睛，直到导师熟悉地与里边等待着的病人打招呼："小南，最近怎么样了？"

林复苏猛地抬头。

时间在这一刻被无限拉长，地球都仿佛停止了旋转。

对面，秦路南缓缓转身，褪去了少年时的青涩，青年模样的秦路南好像更俊美了些，如同白玉雕琢出来的璧人，美好得像在发光，叫人移不开眼。

"小林啊，这就是……"

不等导师说完话，他便看见向来谦逊稳重的林复苏眼眶通红，几步跃过他停在秦路南面前，整个身体都在轻轻发颤，几乎是无法自控地紧紧抱住眼前的人。

经年来的想念在这一刻决堤，被压抑许久的恐慌和意料之外的狂喜同时涌上心头，林复苏不发一言，她只是抱着秦路南，用尽全力去感知、去确定，自己看见的人真的是秦路南。

而另一边，秦路南亦是眼尾微红。

"你的头发变得好长。"

说话时，秦路南声音轻微发颤，却在强装镇定。

"嗯。"林复苏的声线不稳，抖得很厉害，"好看吗？"

"好看，长发好看，短发也好看，现在和从前的样子都很好看。"

接着，又是许久的沉默。

他们等了太久，久到不知道该说些什么才能表达自己此刻的心情，又好像因为长久的准备，不用说话便能将一切表达清楚。

现在是春夏交替时，天气晴好。

没有夏天的炎热，在保留着春天清润气息的同时也并不会叫人觉得寒冷。林复苏一边觉得脑子发紧，一边又忍不住胡思乱想。

她想了许多东西，最后停在一个地方，她记得秦路南说过，自己最喜欢春天。

林复苏很轻很轻地喃喃道："你看见了吗？春天到了。"

这是什么傻话？现在都五月了，再过一阵子就是夏天。

"嗯。"

外边有几只小麻雀飞过，微风过处，打着旋儿落下几片花瓣。

可秦路南并未反驳，他附和着她的傻话。

"是啊……"

秦路南弯了眼睛。

他说："春天到了。"

【正文完】

番外一
分割时空

　　在见不到你的那些日子里，我每天都很想你。

Zao yao chun 🌿

病房里，等着手术的秦路南扯了扯身上宽大的病号服下摆，微微抿唇。

他逃避了这么久，最后还是站在了这个地方。说不害怕不紧张并不现实，但他表现出来的，是自始至终的平静，只挺直的背脊略微僵硬，可这僵硬被病号服遮住，没人发现。

"小南。"秦妈妈从前几天就开始失眠，到了现在仍未平复，"别担心，会好的……妈妈在门口等你。"

秦路南有些想笑，嘴角却无力，只勾起一个很轻的弧度，他认真地看了秦妈妈一眼，继而垂眸，握住了她的手。

"妈，我不担心，我不会有事。"

他也不能有事，他还有想见的人，还有想做的事情，还有许多想看却没看到的东西。

"您也不要担心。"秦路南轻声道，"我会活下来的。"

这台手术的危险他们都清楚，但他们都选择将恐惧和不安紧紧压住。

秦妈妈鼻子一酸："小南……"

这时，医生过来通知准备手术，秦妈妈的眼泪一下就掉下来，她匆忙拭去，强撑着露出一个鼓励的笑，眼里的紧张压都压不住，就连不远处的秦爸爸都不忍地侧过身去。

秦路南无奈："放心吧。"

他张了张嘴，还想说些什么，却一下子没了言语，不知道自己该说些什么、能说些什么。接下来，从病床到手术室不过短短十几分钟，在被推进去的时候，秦路南抬了抬头，朝外边望一眼。

其实他不如嘴上说的那么乐观，也没有真的那么相信自我催眠时念叨的"会有奇迹"。站在生死的岔路口，再冷静的人也会有波动，更何况他其实有点儿害怕，怕那些想象里最坏的部分成真，毕竟希望渺茫，他一早就知道。

随着麻醉起效，秦路南的视线一片模糊。

但透过刺眼白光，他好像看见了一个人。

意识模糊之际，他感到自己好像笑了。

这一睡不知道还能不能醒来，他当然希望有再一次睁眼的机会，但即便人生短暂，有过知己朋友，感受过爱、拥抱过爱，或许也不算亏。

四周被白茫茫雾气笼罩，整个世界都坍塌破损，成了一地碎片。

原来与她并肩的人忽然奔向莽光远去，林复苏在一片虚无里死命地往前跑着，可对方的影子还是渐渐缩小，她怎么都追不上。

"啊——"

她猛地从床上坐了起来。

这是新的噩梦，是她潜意识里新生出的恐惧。

她梦见秦路南自己去了一个未知的地方，将他们所有人都抛在了身后，任他们怎么喊、怎么追，秦路南都无动于衷，直至消失在那片白色的强光里，最终和光融为一体。

林复苏坐在床上闭着眼，努力平复因为刚才那场噩梦而跳动过快的心脏。这会儿天还没亮，但远方的楼外已经出现了一丝浅浅天光，林复苏无心再睡，索性起床准备早餐。今天是去学校报考志愿的日子，也有可能是大家最后一次聚得这么齐整了，在这之后，天南地北，每个人都要奔赴不同的地方，再要回忆，也就只能看个毕业照……

不对，毕业照也没来齐。

林复苏挤牙膏的手停了停，心说，照片上还差一个人呢。

夏天的早晨亮得很快，楼下也渐渐有了声响，林复苏背着书包走出家门，骑上自行车，在拐弯儿的时候忽然就想起高中刚开学那天。那天秦路南没来，她却从不止一个人口中听见秦路南的名字，只没往心里去，而现在大家慢慢不再提秦路南，她却总忍不住想起。

"来得这么早？"

班里，令狐齐飞搭上她的肩膀："我看你这黑眼圈都快蔓延整张脸了，没睡好？"

林复苏笑笑："这不是要填志愿，激动嘛。"

"啧，你这分数还需要激动？"令狐齐飞说到兴奋的地方又开始在她的胳膊上狂拍，"那不是想去哪儿去哪儿吗！"

林复苏吃痛，无奈地顺手往边上一指："注意形象啊。"

令狐齐飞一瞥头，正巧看见背着包走进来的季思雯。

顿时，他手也不动了背也挺直了，生怕谁看不出他的心思似的，就对着门口一招手。

那边季思雯还没反应，倒是她身边的蒋梦甜一挑眉笑了，一双眼睛亮晶晶地扫一眼这边扫一眼那边，扫得季思雯红着耳朵作势要打她。

从令狐齐飞手里解脱，林复苏溜回了自己座位，坐下时习惯性侧头，然而与先前的许多次一样，她的目光落了空，所望之处谁也没有。

林复苏的眼神一黯，继而掏出手机。

【林复苏：今天要填志愿了，错过高考有没有觉得可惜？其实也不用，今年的题目挺变态的，而且正巧今年填志愿改革，我们许多人摸不清头脑，等你回来或许会好一些。不过你到时候复读可就比我们都小几届了，得叫我们学长、学姐。】

发完她照例等了会儿，然而和之前一样，她没有收到回复。

教室里很热闹，大家三三两两聚在一起，不会再有老师维持纪律说他们声音太大、让他们安静一点。只林复苏一个人静静坐着，她环顾一圈，看见了每个人，也听到许多声音，可还是觉得差了一点什么。

很多时候都是这样，在最关键的时刻会缺席最重要的人或事，没有办法。

总有些缺憾是补不上的。

树梢上的蝉鸣叫了一整个夏天，日日不停，一直到入秋才消歇。

小半年的时间里，秦路南总是睡着比醒着更多。原以为手术成功就能面临新的开始，却不料这颗心脏远比他想象得要更加脆弱，反反复复，即便已经完成了手术还得继续修补。

他被没收了手机，这是当初他提条件的时候答应过的，自己说的话，总不能过了时间就反悔，但现在也确实无聊，闲下来他只能靠着电视消磨时间。空闲多了，脑子里就会自己生出许多想法，好的坏的，控制不住，但真算起来，还是坏的更多。

好没意思。

这天秦佑平和秦佑安放假，蹦蹦跳跳进了病房看他。

他其实不大喜欢两个小家伙来这儿，一是确实打不起精神陪他们，二是小朋友精力旺盛，一刻也歇不下来，实在太吵了，三来医院也不是什么好地方。

但今天他们神神秘秘，说要给他一个惊喜，进来以后，两个人先是反锁上病房门，再是东张西望偷偷摸摸看还有没有人，饶是秦路南都被他们这副紧张兮兮的样子逗乐了。

"到底在干什……"

"嘘！"秦佑平迈着小短腿跑过来，"哥哥小声一点儿！"

秦佑安也配合着，他小心地从自己的小背包里掏出个东西："哥哥，我们偷偷从爷爷的抽屉里拿来的！"

秦路南一怔。

小孩的手里是一部手机，他的手机。

"哥哥，开不开心！"秦佑安眨着眼睛，眸中全是光。

秦路南愣了会儿，笑笑："谢谢。"

"哥哥你快点儿玩，我们去门口望风！"

两个小家伙说完就往门口跑，而秦路南握着手机，感到那颗没出息的心脏微微发酸。

他开了机，登上自己的账号，没多久就冒出来 99+ 的消息。别人也有，但大多信息都来自于同一个人，那个人最新的消息是十五分钟前发过来的。

秦路南一边吐槽"这是在干什么"，一边没忍住弯了眼睛点开。

自他离开到现在，林复苏每天都给他发了许多消息，大多是没意义的废话，一些生活碎片，还有林复苏最近的变化和吐槽，比如高考分数，比如读了哪个大学，比如医学好难。他滑到最前面，一条条翻下来，看着那些已经成为过去的趣事，想到对方发给他的时候，那些事情都还新鲜，就觉得不知怎么的有点儿难过。

他给人发信息，最讨厌的就是对方没有及时回复，这会让他的分享欲直接降到零点。

但偏偏有这么一个人，给一个不会回复的账号发了半年多的信息，她……

等等。

秦路南划手机的手指一停。

【林复苏：今天我去了你家，你爷爷……】

【林复苏：你爷爷骗我，说了一些听起来就很假的假话。】

【林复苏：早点回来吧，我知道你不是那种说话不算数的人。】

那是一个多月前的信息，林复苏很少把一段话分几次发，她偏好一次性将要说的事情说完，可这回断断续续，她发了许多没有由头、叫人摸不清头脑的话。

爷爷？假话？秦路南有一种不好的预感，还没来得及继续往下看，偏门就被打开，秦爸爸走过来，居高临下望向握着手机的秦路南。

秦佑安和秦佑平被身后的声音吓了一跳，他们明显不知道这间病房不止一个门。

"拿来。"秦爸爸伸手。

"林复苏来找过我？你们和她说了什么？"秦路南面色苍白，"是不是……你们骗她说我死了？"

秦爸爸不愿和他争执，也没有回他的话，只是那么站着，两个小家伙自觉惹祸不敢吭声，半晌，还是秦路南先低头。

他将手机关机递了回去。

"爸，我会死吗？"

秦父面色一僵，他的肩膀轻颤，叹了一口气："小南，未来还

273

很长。"

"未来还很长，但我的未来呢？也还长吗？"

秦爸爸下意识地反驳："手术已经成功了，你……"

"如果我有未来，我希望能做自己想做的事情，去自己想去的地方。"

秦路南神色认真，眼里有一股近乎执拗的劲头。秦爸爸从那个眼神里看出什么，他良久无言，就这么静默地与自己的儿子对峙着。

这半年多的时间，秦路南要么怏怏不说话，要么昏沉躺在那儿，眼睛里的光一点点消失，好像丧失了所有生气，成了一只真正的木偶……这还是术后他第一次看见秦路南亮着眼睛、争取自己想要的东西的模样。

忽然之间，他发觉有些东西的确重要，但另一些，或许没有他想象的那么重要。

不知过了多久，秦爸爸终于败下阵。

"好。"秦爸爸放软了口气，"但在那之前，你先好好配合治疗，好好……好好活下去，除此以外，别的什么都不要想，好吗？"

秦路南松一口气。

他仰起头，牵出一个发自内心的笑："我答应您。"

再往后，便是日夜交替、春去秋来，好几个年头。

都多少年了？

谢小冬后来变得安静，奋发远去国外留学，徐晨伟在毕业几年后的聚会上也意识到自己曾经错得有多离谱，为他当年针对过他们道歉，就连从前最为风风火火的蒋梦甜都有了孩子……大家都变了，高中的故事，早就在时光中悄然结束。

他们在各自的人生里做着各自的努力，身边的人许久不曾听见那两个少年再提起对方。

即便是令狐齐飞，在和自己心心念念的女孩成家之后，两个人偶尔想起高中岁月，想起曾经很长一段时间形影不离的两个朋友，也以为他们已经忘记彼此，将那段记忆封存。

直到某一天。

医院楼外有几只小麻雀飞过，微风过处，打着旋儿落下几片花瓣。

隔着一道门，年轻的心外科医生与那个"传说中奇迹康复"的病人相遇。

在这一天，故事重新开始。

番外二
两个日常小片段

Zao zao chun

1. 不得了的事

当令狐齐飞知道秦路南回来之后，他当天晚上就奔赴到了林复苏家，一进门眼睛便红起来，不知道的还以为这儿发生了什么不好的事情。

"南哥……"

一米八几的大个子站在门口哽咽，那场景也怪吓人的，尤其秦路南并不喜欢这种煽情戏码，因此他只看一眼就转回头，继续收拾起行李。而令狐齐飞被晾在门口，一泡眼泪还没来得及涌出就生生憋回去了。

"不是，南哥，这么久不见，你不表示一下吗？"令狐齐飞做出一个拥抱的姿势。

秦路南只冷淡地看他一眼就开始敷衍："好。好久不见，很想你，最近过得怎么样……别过来，心意到了就行。"

令狐齐飞一时语塞，保持着拥抱的姿势被冷风扑了一脸，许久才收回手臂。

他搓着胳膊走进来，打量四周："哎，这儿不错啊！"说着，他拿起茶几上一个苹果就啃，"外边的风景也好，这房子租的买的？

277

附近什么价啊？以前都没注意过，要是价格能接受的话我也想搬过来，去哪儿都方便，关键是咱们没事儿还能串个门……"

"不知道，林复苏的房子。"

"我知道是林复苏的！"

"那你问我？"

"我这不是……"令狐齐飞摆摆手，"哎呀，随口一说，就像我也不会真搬，过几年小辣要上小学了，又是一笔开支。"

"小辣？"

秦路南终于有了反应，缓缓抬头，眼里充满疑惑："小辣是谁？"

两人面面相觑。

良久，令狐齐飞干巴巴张了张嘴："南哥，你不是回来一星期多了吗？林复苏没告诉你我结婚有孩子了？你们一句都没聊过我？"

秦路南有些心虚，移开了眼睛。

令狐齐飞从他的态度里得到答案，哀号一声："你们这一星期到底都在做什么？"

这时，下楼取快递的林复苏恰好进门。

也没个前因后果，她听见这话，干咳一声，自以为云淡风轻道："事情不是你想的那样。"

令狐齐飞：？

不是他想的那样？他想的哪样啊？林复苏又怎么知道他在想什么？

难道现在的人类已经进化到可以用脑电波交流了？不可能啊，像他这样天资不凡聪明绝顶的存在，人类进化的这个过程怎么能把他落下呢？

2. 有你的夏天

自打知道秦路南回来之后，令狐齐飞逮着机会就往林复苏和秦路南这边跑，而秦路南也打听了好一番令狐齐飞的"恋爱史"。说是好奇，实为八卦，尤其在听见这个发小做的蠢事时，他感觉非常快乐。

特别是在后来小家伙被送去老家玩耍，令狐齐飞带着季思雯一起来做客，秦路南听见那句吐槽之后——

"我也知道他那时候紧张，不用张嘴都能看得出来。"

记忆中安静得几乎没有存在感的女孩此刻带着甜甜的笑，坐在沙发上捧着一杯热茶，她歪头皱眉，看似不满，眼睛却微微弯着。

"可不论再怎么紧张……谁给女孩子表白会送辣条的呀？"

令狐齐飞求饶地笑，小声念叨着"留点儿面子""别说了"一类的话。

季思雯皱皱鼻子："这次就放过你。"

另一边，秦路南看着，总觉得不真实。

分明许久未见，中间变化良多，可四个人围着茶几吃吃喝喝聊聊天，几年的隔阂好像轻易便消失在了笑语里。若不是大家的模样

279

有了改变，这些年各自的记忆过于鲜明，秦路南还真以为这只是那个放学后的傍晚，他们下了课走出校门，在聚一个简单的餐。

秦路南有些恍惚，但不是昏沉的恍惚，是太好了，比他做过的任何想象都好，他从不觉得自己有多讨人喜欢，也没指望多少人能记得他。这次回来，他也很紧张，甚至在和林复苏碰面的那一刻，他的第一反应也是：她是不是没认出来我？是不是早已忘记我？

"南哥，怎么这副表情，想什么呢？"令狐齐飞伸手在他眼前一晃。

秦路南望一眼他，又望一眼身边原本在剥橘子，闻声立马抬起眼睛的林复苏。

"没什么，就是觉得……"

秦路南说不出那么煽情的话，他会不好意思："就是感觉难得，感觉……你们真的在一起了这么久，从高中走到现在好不容易。"

"也没什么不容易的，互相喜欢嘛。"令狐齐飞心大地挠挠头，"其实我们高中也不止我们这一对，隔壁班也成了一对呢，远的不说，就讲近的，你和林复苏不也是吗？说来矫情，但我就是觉得，或许真心是走不散的，南哥你说呢？"

林复苏一愣，刚剥好的橘子就这么滚到了地上。

她抿了抿唇，把橘子捡回来："我再重新剥一个。"

"哎，这能吃！七秒之内捡起来的东西都能吃！"令狐齐飞伸手就要来拿。

秦路南在他之前拿起了那个橘子。

猫科动物一样，动作优雅漂亮，速度却快得惊人。

"你放在那儿，等会儿我吃。"林复苏小声道。

秦路南睐了睐眼："都走到现在了，还计较一个橘子？"他说着就将橘子往嘴里塞，"我也没那么娇贵。"

林复苏一顿，轻笑。

季思雯看一眼对面的人，眼睛弯弯，好像想起了从前什么开心的事情："要是蒋梦甜在这儿就好了，看见你们……她肯定很开心。"

可惜天南地北不在一起，又都各自有了家庭，长此以往，再好、再久的朋友，关系变淡也是不可避免的事情。然后抬起头，看到身边三个人因为自己方才那句话而做出的一脸无解的表情，她笑着垂了垂眼，藏住一个秘密。

这一茬儿很快过去，令狐齐飞叽叽喳喳从天南说到地北，气氛很快再次热闹起来。

"高考？南哥你不是吧！你还准备重新参加高考？哎哎，别打别打，我不是那个意思。我是说……你别着急啊！哈哈哈，反正都这么久了，要不然再等几年，跟我们家小辣一起考呗！"

"要不要我再等几年，和你们家小辣一起给你送终？"

"……南哥不愧是南哥，真是一点儿没变。"

看着边上幼稚互怼的两个人，林复苏和季思雯同时笑着摇摇头，交换一个眼神，也从彼此的脸上看见几分无奈。

风轻云淡，月亮渐渐西移。

真闹腾啊……

不过也真好。

虽然相隔两地、分开许久，但只要未曾遗忘，心中还有挂念，这就不是结束。未来很长，而每个人的故事也将在这个世界里继续下去。